STS

STS Culture Co.

フアッション

Fashion / Beauty / Life / Love / Cooking / Travel

MP3

跟日本人聊時尚

單字 ＋ 會話

大山和佳子／西村惠子／吳冠儀
給你最專業時尚的學習

學習
也能享受
樂趣

流行力×日語力
最貼近生活的日本語

★ 單字力＆會話力同時UP！時尚生活結合日語學習從現在開始！

★ 日語知識＋流行情報＋好心情♥，帶你率先抵達潮流最前端

★ 把流行雜誌變聲音！讓你用日語分享美妝心得、戀愛心情……

日單學習 V.S. 流行時尚
帶你率先抵達日本潮流最前端

今天你讀日本「流行雜誌」了沒？

想要了解最新鮮的日本，
刺激自己的新創意，
就看日本流行雜誌吧！

本書幫您整理出流行雜誌常出現的「單字」+「會話」讓您在休閒閱讀的同時，輕鬆學習日語！

猶太人說「賺女人和小孩的錢最容易」。日本流行雜誌中有：時尚、生活、美食、影劇等內容，從滿足女性的消費偏好，和愛美的追求出發，分享那些讓女性心動和時尚的知識。從貼近女性的生活層面，告訴女性如何更好的生活和消費。再說詳細一點：

⊙ 有最時尚的日本資訊、有關流行時尚的服飾穿搭、美妝技巧、流行彩妝！

⊙ 很多和時尚有關的減肥、女孩體驗談、算命、情感小測試、娛樂八卦、網路熱門消息。

⊙ 談論各式各樣的生活方式、各種興趣、煩惱商量講座、人性心理的探討等。

⊙ 希望女性不但能享受工作，也能在工作中尋找自我的價值，並得到最大的樂趣與發揮。

⊙ 推薦非主流，小眾的另類音樂、獨特的生活方式，希望女性能發現不同於以往，全新的自我！

透過日本流行雜誌可以深入發掘日本最 in 的流行資訊。因此，有時間就翻翻日本流行雜誌吧！利用各式各樣的流行話題，這樣不僅能讓您對日語的興趣一直保持新鮮，同時也能培養流行鑑賞力喔！

本書幫您整理出流行雜誌常出現的「單字」+「會話」讓您在休閒閱讀的同時，輕鬆學習日語！內容有：

★ 本書有別於一般日語單字書，依照流行雜誌內容劃分五大主題，並從中精挑細選出常用且時髦單字，絕對最貼近現代日本時下流行話題，實用指數也是五顆星。

★ 更棒的是，以後不必苦等中文版雜誌出刊，直接看日文原文雜誌，無論是日語學習，或率先抵達日本潮流最前端，相信對您來說都不成問題囉！

★ 雜誌裡有的最新、最夯話題，這本書通通都有！不僅有好多活潑的情境對話和實用會話。

★ 針對一些關鍵字還有貼心小說明，甚至還有專欄特別介紹新鮮事物和日本文化！

REAL LIFE
Work + Fashion

5顆星 ✩✩✩ NO.4

CONTENTS

CONTENTS

五顆星第三季
超強主打星／大原千秋

ファッション

先搶先贏！Happy 女孩千萬不能錯過的最新速報！

025

007

021

049

Beauty Secret

027

5

★ 邁向主角級的穿搭風格！

□ **コーデ（コーディネートの略）**
穿搭

□ **着回し**（きまわし）
穿搭

□ **甘辛ミックス**（あまから）
甜美個性混搭風

□ **森ガール**（もり）
森林系女孩

□ **マリン**
海軍風

□ **スポーティルック**
運動風造型

□ **カジュアル**
休閒感，休閒風

□ **ロックスタイル**
搖滾風格

□ **セクシー**
性感

□ **エスニック**
民族風

□ **シンプル**
簡約

□ **レトロ**
復古

いろんなアレンジを
楽しんでます♪（たの）
（享受各種搭配方式♪）

6

□ **ミックス**
混搭

□ **レイヤード**
多層次穿搭

□ **重ね着**
多層次穿搭

□ **おしゃれ**
流行，時尚

I Love it !

□ **トレンド**
流行趨勢

□ **最旬**
當季流行

□ **ファッションショー**
時裝秀

□ **ファッションリーダー**
時尚教主

□ **話題になる**
成為話題

□ **チャームポイント**
魅力焦點

★ 瞬間變時髦的裝扮元素 02

□ **あざやか**
鮮豔的

穿搭、妝髮塑身、戀愛交友、吃　　　羅五大雜誌主題，讓我們一起享受日語學習的樂趣吧！Have Fun★

□ **ネオンカラー**
螢光色系

□ **ベージュ派**
喜歡米褐色系的人

□ **ネイビー派**
喜歡海軍藍的人

□ **パステル**
粉彩色系

□ **モノトーン**
黑白色系

My style

□ **無地**
素面，素色

□ **柄**
圖紋，花樣

□ **ストライプ**
直條紋

□ **ボーダー**
橫條紋

□ **水玉**
點點花樣

□ **ドット**
圓點圖紋

□ **ギンガム**
方格紋

□ **チェック**
格紋（含斜格紋，方
格紋等）

□ **千鳥格子**（ちどりごうし）
千鳥紋

□ **花柄**（はながら）
碎花，花朵圖樣

□ **ヒョウ柄**（がら）
豹紋

□ **幾何学模様**（きかがくもよう）
幾何圖騰

柄物の注目度があがってる〜（がらもの　ちゅうもくど）
（花紋圖樣正受矚目〜）

9

☐ **星柄** <ruby>星柄<rt>ほしがら</rt></ruby>
星星圖紋

☐ **ペプラム**
荷葉邊

☐ **肩見せ** <ruby>肩見せ<rt>かた み</rt></ruby>
露肩

☐ **オープンバック**
露背

☐ **Ｖカット**
V字剪裁

☐ **肩掛け** <ruby>肩掛け<rt>かた か</rt></ruby>
披肩

☐ **レース**
蕾絲

☐ **リボンつき**
蝴蝶結鑲飾

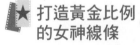 ★ 打造黃金比例
的女神線條 03

☐ **黄金ルール** <ruby>黄金ルール<rt>おうごん</rt></ruby>
黃金守則

☐ **パッチワーク柄** <ruby>柄<rt>がら</rt></ruby>
拼布設計

☐ **ツイード**
粗呢，斜紋軟呢

□ **Iライン**
指靠穿搭術使身形曲線呈
筆直I線條

□ **Aライン**
指服裝曲線從肩膀開始往
下呈放射狀展開，就像英
文字母「A」一樣

□ **細見え**
ほそ み
顯瘦

□ **シルエット**
輪廓曲線

I Love it！

□ **ヒップライン**
臀部線條

□ **丸ごと**
まる
全部，完整

□ **テクニック**
技巧

□ **ビギナー**
初學者

□ **上半身**
じょうはんしん
上半身

□ **下半身**
か はんしん
下半身

□ **トップス**
上半身

11

□ **ボトム**
下半身

□ **えり**
領子

□ **Vネック**
V領

□ **丸首** まるくび
圓領

□ **タートルネック**
高領，套頭

□ **袖** そで
袖子

□ **半袖** はんそで
短袖

□ **長袖** ながそで
長袖

□ **七分袖** しちぶそで
七分袖

My style ❤

□ **ノースリーブ**
無袖

時尚五顆星日語學習，讓你知道
Fashion、Beauty、Play怎麼用日語說 ★

□ **パワショル**
墊肩

TOPIC 1
時尚穿搭

TOPIC 2
妝髮塑身

□ **ボタン**
鈕扣

□ **すそ**
下襬

TOPIC 3
戀愛交友

TOPIC 4
吃喝玩樂

TOPIC 5
熱門話題

□ **ファスナー**
拉鍊

□ **結び紐**（むす　そで）
綁帶

□ **ポケット**
口袋

□ **トップスIN**
紮衣服

□ **生地**（き　じ）
材質，質地

□ **ナイロン**
尼龍

□ **シルク**
絲

個性、時尚
百變女王

13

尚穿搭、妝髮塑身、戀愛交友、吃喝玩樂、熱門話題…網羅五大雜誌主題，讓我們一起享受日語學習的樂趣吧！Have Fun★

□ 麻
あさ
麻

□ 木綿
もめん
棉

□ 切り替え
きか
拼接設計

□ ボリューム
蓬蓬感；大量的

□ バランス
平衡

□ アイテム
單品

□ タイト
緊身

□ インナー
內搭

□ レザー
皮革

□ ファー
皮草，毛皮

★ 時尚經典衣款
發表會 04

□ 服
ふく
衣服

□ **透けトップス**
透膚上衣

□ **肩あきトップス**
挖肩上衣

□ **レーストップス**
蕾絲上衣

□ **チュニック**
女用（寬鬆）上衣

□ **キャミソール**
細肩帶背心

□ **シフォンシャツ**
雪紡襯衫

□ **ブラウス**
女用上衣（襯衫）

□ **ノースリブラウス**
無袖上衣

□ **Tシャツ**
T恤

穿搭、妝髮塑身、戀愛交友、吃喝玩樂、熱門話題…網羅五大雜誌主題，讓我們一起享受日語學習的樂趣吧！Have Fun★

15

□ **ヴィンテージ風ワンピ**
復古風洋装

□ **水着**（みずぎ）
泳衣

□ **ビキニ**
比基尼

□ **下着**（したぎ）
內衣

□ **ブラジャー**
胸罩

□ **ドレス**
禮服

□ **着物**（きもの）
和服

□ **トレーナー**
休閒服

□ **シャツ**
襯衫

□ **チェックシャツ**
格紋襯衫

□ **ワンピ**
（ワンピースの略）（りゃく）
洋装

16

□ **ワイシャツ**
男用襯衫

□ **プリントTシャツ**
印花T恤

□ **ポロシャツ**
Polo衫

□ **タンクトップ**
無袖背心

□ **ベスト**
（有鈕扣或拉鍊的）背心

□ **セーター**
毛衣

□ **ニット**
針織

□ **ショート丈^{たけ}ニット**
短版針織衫

□ **ロングニット**
長版針織衫

□ **透^すけニット**
鏤空針織衫

□ **デニムジャケット**
牛仔外套

穿搭、妝髮塑身、戀愛交友、吃喝玩樂、熱門話題…網羅五大雜誌主題，讓我們一起享受日語學習的樂趣吧！Have Fun★

□ ライダースジャケット
騎士外套

□ スタジャン
棒球外套

□ パーカ
連帽外套

□ カモフラ柄ジャケット
迷彩夾克

□ カーディガン
開襟衫

□ トレンチ
風衣外套

★ 下身單品趨勢LIST 05

□ コート
大衣外套

□ ボトムス
下半身服裝

□ オーバー
大衣

□ パンツ
褲子

□ ピーコート
雙排釦大衣

□ テーラード
ジャケット
西裝外套

□ ショーパン
(ショートパンツの略)
短褲

18

TOPIC 1
時尚穿搭

TOPIC 2
妝髮塑身

TOPIC 3
戀愛交友

TOPIC 4
吃喝玩樂

TOPIC 5
熱門話題

□ 柄パンツ
花褲

□ 細身ストレート
緊身直筒褲

□ ハイウエストパンツ
高腰褲

□ テーパード
老爺褲

□ ジーンズ
牛仔褲

□ スキニー
緊身褲

□ デニムパンツ
牛仔褲

□ カラースキニー
緊身色褲

□ ズボン
長褲

□ チノパン
工作褲

□ カーゴパンツ
（兩側有大口袋的）
工作褲

□ 花柄スキニーパンツ
花紋緊身褲

□ **ロンパース**
連身褲

□ **揺れスカート** (ゆ)
寬襬裙

□ **スカート**
裙子

□ **ロングスカート**
長裙

□ **チュールスカート**
網紗裙

□ **レースキュロット**
蕾絲褲裙

□ **ミニスカート**
迷你裙

□ **スカパン**
內藏短褲的裙子

My style ❤

□ **タイトミニ**
緊身迷你裙

□ **レギンス**
內搭褲

□ **トレンカ**
踩腳褲

□ **ストッキング**
褲襪

□ **モチーフタイツ**
圖紋褲襪

★ **本季鞋款風潮正式引爆！** 06

TOPIC 1
時尚穿搭

TOPIC 2
妝髮塑身

TOPIC 3
戀愛交友

TOPIC 4
吃喝玩樂

TOPIC 5
熱門話題

□ **ブーツ**
靴子

□ **サイドジップブーツ**
拉鍊短靴

□ **レザーシューズ**
皮鞋

□ **ユニオンジャック柄_{がら}スニーカー**
英國國旗配色球鞋

□ **ユニオンジャック柄スニーカー**

21

□ **ビーチサンダル**
海灘夾脱

□ **ウェッジソール**
楔型鞋

□ **ウェッジサンダル**
楔型涼鞋

□ **スニーカー**
休閒鞋，球鞋

□ **ピンヒール**
細跟鞋

□ **バイカラーブーティ**
雙色裸靴

□ **パンプス**
跟鞋

□ **フリンジブーツ**
流蘇靴

□ **ロングブーツ**
長統靴

キレイな靴で、おしゃれを
思いっきり楽しんじゃえ！
（穿上美鞋，盡情享受時尚吧！）

□ **ボアブーツ**
雪靴

☐ **エナメルパンプス**
漆皮跟鞋

☐ **フラットシューズ**
平底鞋

☐ **靴下**（くつした）
襪子

☐ **ガーリーソックス**
女孩風襪子

 ★ 超搶眼的配件主義 07

☐ **クリア靴**（くつ）
果凍鞋

☐ **ブレスレット**
手環

So Hot !

☐ **ストラップサンダル**
繫帶涼鞋

☐ **インヒールスニーカー**
內增墊高休閒鞋

☐ **ハイカットスニーカー**
高筒休閒鞋

☐ **厚底シューズ**（あつぞこ）
厚底鞋

☐ **ウォッチ**
手錶，懷錶等

☐ **腕時計**（うでどけい）
手錶

☐ **指輪**（ゆびわ）
戒指

23

□ **ペアリング**
對戒

□ **ピアス**
耳環，耳針

□ **イヤリング**
耳環

□ **パールビーズ**
珍珠項鍊

□ **ペンダント**
墜鍊

□ **チョーカー**
項圈

□ **メガネ**
眼鏡

□ **サングラス**
墨鏡，太陽眼鏡

□ **コンタクトレンズ**
隱形眼鏡

□ **カラコン**
  （カラーコンタクトの略^{りゃく}）

變色片

□ **ヘリピ**
  （ヘリピアスの略^{りゃく}）
肚臍環

□ **ネックレス**
項鍊

□ **一日交換タイプ** ★
いちにちこうかん
日拋型

□ **クリア小物**
こもの
簡約小物

□ **帽子**
ぼうし
帽子

□ **ニット帽**
ぼう
毛帽

□ **サンバイザー**
遮陽帽

□ **ミリタリーキャップ**
軍帽

□ **キャップ**
棒球帽

□ **イヤーマフ**
耳罩

□ **スカーフ**
圍巾，絲巾

□ **ストローハット**
藤編草帽

□ **キャスケット**
鴨舌帽

25

□ **ストール**
披巾

□ **マフラー**
圍巾

□ **ネクタイ**
領帶

□ **手袋**（てぶくろ）
手套

□ **ベルト**
皮帶

□ **ウエストゴム**
鬆緊腰帶

□ **バッグ**
包包

□ **ショルダーバッグ**
肩背包

□ **ボストンバッグ**
波斯頓包

TPOに合わせて、小物を選ぶ。
（配合時間、地點、場合來選擇配件。）

□ **トートバッグ**
托特包

□ **スクエアバッグ**
方型包

□ **ドクターズバッグ**
醫生包

□ **ニットトート**
籐編包

□ **チェーンバッグ**
鍊帶包

□ **バレンシアガ**
機車包

□ **リュックサック**
後背包

□ **スーツケース**
手提旅行箱

□ **エコバッグ**
環保袋

□ **ミニバッグ**
迷你包包

新貨報到 ♥

27

□ ラッチバッグ
手拿包

□ ティッシュケース
面紙套

 ★五顏六色是現在的心情！ ⑨

□ 色
いろ
顏色

□ 化粧 ポーチ
け しょう
化妝包

□ イエロー
黃色

□ ペンケース
筆袋

□ オレンジ
橘色

□ 財布
さい ふ
皮夾，錢包

□ ブラウン
咖啡色

□ 長財布
なが さい ふ
長皮夾

□ 茶色
ちゃ いろ
茶色

□ コインケース
零錢包

□ レッド
紅色

☐ **赤**（あか）
紅色

☐ **コーラルピンク**
珊瑚粉

☐ **フューシャピンク**
桃紅色，紫紅色

☐ **紫**（むらさき）
紫色

TOPIC 1
時尚穿搭

TOPIC 2
妝髮塑身

TOPIC 3
戀愛交友

TOPIC 4
吃喝玩樂

TOPIC 5
熱門話題

☐ **ダックブルー**
鴨藍色

☐ **ナイトブルー**
暗夜藍

☐ **ピンク**
粉紅色

☐ **ヌードカラー**
裸色

☐ **ブルー**
藍色

☐ **ミルキーピンク**
牛奶粉紅

☐ **バイオレット**
羅蘭紫

29

□ 青（あお）
藍色

□ 灰色（はいいろ）
灰色

□ 緑（みどり）
綠色

□ グレー
灰色

□ グリーン
綠色

□ ホワイト
白色

□ ジャスパーグリーン
碧玉綠

□ 黒（くろ）
黑色

□ ブラック
黑色

□ 白（しろ）
白色

七彩繽紛的
Everyday！

□ 銀色（ぎんいろ）
銀色

□ 金色（きんいろ）
金色

ノート

搭、妝髮塑身、戀愛交友、吃喝玩樂、熱門話題…網羅五大雜誌主題，讓我們一起享受日語學習的樂趣吧！Have Fun★

31

TOPIC 2 妝髮塑身 10

★ 完美制霸的輕盈妝底

□ **すっぴん**
素顔

□ **化粧落とし**
卸妝
<small>け しょう お</small>

□ **化粧直し**
補妝
<small>け しょうなお</small>

□ **カバー力**
遮蓋力
<small>りょく</small>

□ **あぶらとり紙**
吸油面紙
<small>がみ</small>

□ **ノーメイク**
未上妝

□ **厚化粧**
濃妝
<small>あつ げ しょう</small>

□ **薄化粧**
淡妝
<small>うす げ しょう</small>

□ **ナチュラルメイク**
自然系彩妝

美肌ですね～
<small>び はだ</small>
（肌膚真美啊～）

□ **スモーキーメイク**
煙燻妝

 32

□ リキッド
粉底液

□ パウダリー
粉餅

□ コンシーラー
遮瑕膏

□ フェイスパウダー
蜜粉

□ 小顔（こがお）
小臉

□ 丸顔（まるがお）
圓臉

熱銷款

□ パフ
粉撲

BB

□ BBクリーム
BB霜

□ ファンデーション
粉底

□ 下地（したじ）
打底，隔離霜

33

□ **ハイライト**
打亮

□ **チーク**
腮紅

チークでかわいく！
靠腮紅變可愛！

□ **ツヤ**
光澤感

美人心機電眼妝
初公開 ⑪

□ **二重**
ふたえ
雙眼皮

□ **チークを入れる**
い
上腮紅

□ **マシュマロ肌**
はだ
棉花糖肌

□ **奥二重**
おくぶたえ
內雙眼皮

□ **描く**
か
描繪，畫

□ **一重**
ひとえ
單眼皮

□ **塗る**
ぬ
塗抹

好想擁有
超迷人電眼！

☐ **タレ目**
下垂眼

☐ **まぶた**
眼皮

☐ **アイホール**
眼窩

☐ **目尻**
眼尾

☐ **まつげ**
睫毛

☐ **つけまつげ**
假睫毛

☐ **ビューラー**
睫毛夾

☐ **目頭**
眼頭

☐ **マスカラ**
睫毛膏

☐ **くま**
黑眼圈

熊貓眼快走開！！

☐ **色落ち**
掉色

□ **アイシャドー**
眼影

□ **リキッドアイライナー**
眼線液

□ **ペンシルライナー**
眼線筆

□ **アイラインを入れる**
畫眼線

□ **キャットライン**
貓眼眼線

□ **眉**
眉毛

□ **眉を整える**
修眉

□ **ツィザーズ**
眉夾

□ **アイブロウトリマー**
修眉刀

□ **アイブロウペンシル**
眉筆

□ 眉パウダー
まゆ
眉粉

□ ブラシ
刷子

□ 発色
はっしょく
顯色

□ 口元
くちもと
唇部

□ 口紅
くちべに
口紅

TOPIC 1
時尚穿搭

TOPIC 2
妝髮塑身

TOPIC 3
戀愛交友

TOPIC 4
吃喝玩樂

TOPIC 5
熱門話題

 ★ 令人怦然心跳的
動人唇妝 ♪♪～ 12

□ 唇
くちびる
嘴唇

□ グロス
唇蜜

□ リップコンシーラー
唇部專用遮瑕膏

□ リップスティック
唇膏

□ リップクリーム
護唇膏

穿搭、妝髮塑身　　友、吃喝玩　　　　一起，讓我們一起享受日語學習的樂趣吧！Have Fun★

□ **綿棒**
めんぼう
棉花棒

★ 極上美肌守則即刻掌握！ (13)

□ **コスメ**
彩妝保養品

□ **クレンジング**
卸妝產品

□ **洗顔料**
せんがんりょう
洗面乳

□ **化粧水**
けしょうすい
化妝水

□ **ローション**
化妝水

□ **乳液**
にゅうえき
乳液

□ **ジェル**
凝膠

□ **アイクリーム**
眼霜

□ **エッセンス**
精華，萃取物

38

□ **美容液**
びようえき
精華液

□ **紫外線**
しがいせん
紫外線

□ **導入美容液**
どうにゅうびようえき
導入型精華液

□ **高機能クリーム**
こうきのう
高機能乳霜

□ **日焼け止め**
ひやどめ
防曬乳

□ **サンオイル**
助曬油

□ **シートマスク**
片狀面膜

□ **パック**
面膜

**パックのあとは、乳液でお肌
にゅうえき　　はだ
をととのえて！**
（敷完臉後，用乳液修復肌膚！）

□ **コットン**
化妝棉

□ **しっとり派**
は
潤澤型

□ **さっぱり派**<ruby>派<rt>は</rt></ruby>
清爽型

□ **コラーゲン**
膠原蛋白

□ **ヒアルロン酸**<ruby>酸<rt>さん</rt></ruby>
玻尿酸

□ **トラネキサム酸**<ruby>酸<rt>さん</rt></ruby>
傳明酸

□ **美肌**<ruby>美肌<rt>びはだ</rt></ruby>
美肌，漂亮的肌膚

□ **透明感**<ruby>透明感<rt>とうめいかん</rt></ruby>
透明感

□ **美白**<ruby>美白<rt>びはく</rt></ruby>
美白

□ **保湿**<ruby>保湿<rt>ほしつ</rt></ruby>
保濕

□ **すべすべ**
光滑的

□ **フェイスケア**
臉部保養

肌荒れはスペシャルケアで撃退！<ruby>肌<rt>はだ</rt></ruby><ruby>荒<rt>あ</rt></ruby> <ruby>撃退<rt>げきたい</rt></ruby>
（肌膚問題就用特殊保養來擊敗它！）

□ **スキンケア**
肌膚保養

□ **つるつる**
滑滑嫩嫩

□ **みずみずしい**
水嫩的

□ **ぷるぷる**
有彈性的

□ **もちもち**
有彈性的，Q彈的

□ **リフトアップ**
拉提緊緻

□ **マッサージ**
按摩

對自己好一點

□ **ハリ**
彈力，彈性

□ **うるおい**
潤澤，滋潤

□ **スチーマー**
蒸臉器

□ **プチ整形**
せいけい
微整型

尚穿搭、妝髮塑身、戀愛交友、吃喝玩樂、熱門話題…網羅五大雜誌主題，讓我們一起享受日語學習的樂趣吧！Have Fun★

41

□ **ボトックス注射**
ちゅうしゃ
打肉毒桿菌

★ 告別惱人問題肌的
實現計畫

□ **テカリ**
出油

□ **皮脂**
ひ し
皮脂

□ **ベタつき**
黏膩

□ **毛穴**
け あな
毛孔

□ **毛穴のひらき**
け あな
毛孔粗大

□ **寝不足**
ね ぶ そく
睡眠不足

□ **夜更かし**
よ ふ
熬夜

□ **肌荒れ**
はだ あ
膚況不佳

□ **ニキビ**
青春痘

護膚大作戰！

□ **角栓**
かくせん
粉刺

□ **黒ずみ**
くろ
黑頭粉刺

□ **ゆるみ**
鬆弛

□ **かさかさ**
乾澀粗糙

□ **くすみ**
暗沉

□ **シミ**
斑點

□ **そばかす**
雀斑

□ **しわ**
皺紋

□ **敏感肌**
びんかんはだ
敏感性肌膚

□ **老化**
ろうか
老化

43

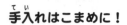

□ **手入れはこまめに！**
要勤於保養！

□ **Ｔゾーン**
Ｔ字部位

□ **オイリー肌**（はだ）
油性肌膚

□ **ひたい**
額頭

□ **乾燥肌**（かんそうはだ）
乾性肌膚

□ **おでこ**
額頭

□ **混合肌**（こんごうはだ）
混和性肌膚

□ **顔**（かお）
臉

□ **目元**（めもと）
眼部，眼周

□ **顔色**（かおいろ）
臉色

□ **肌色**（はだいろ）
膚色

□ **肌膚保養法**
適合自己最重要！

時尚五顆星日語學習，讓你知道
Fashion、Beauty、Play怎麼用日語説 ★

☐ 涙袋 <ruby>涙<rt>なみだ</rt></ruby><ruby>袋<rt>ぶくろ</rt></ruby>
臥蠶

☐ <ruby>生<rt>は</rt></ruby>え<ruby>際<rt>ぎわ</rt></ruby>
髮際

☐ <ruby>鼻<rt>はな</rt></ruby>
鼻子

☐ <ruby>小鼻<rt>こばな</rt></ruby>
鼻翼

☐ <ruby>頬<rt>ほお</rt></ruby>
臉頰

☐ えくぼ
酒窩

☐ <ruby>耳<rt>みみ</rt></ruby>
耳朵

☐ あご
下巴

☐ <ruby>首<rt>くび</rt></ruby>
脖子，頸部

TOPIC 1
時尚穿搭

TOPIC 2
妝髮塑身

TOPIC 3
戀愛交友

TOPIC 4
吃喝玩樂

TOPIC 5
熱門話題

★ 詮釋多種性格的
髮型圖鑑 15

☐ ボブ
鮑伯頭

45

穿搭、妝髮塑身、戀愛交友、吃喝玩樂、熱門話題…網羅五大雜誌主題，讓我們一起享受日語學習的樂趣吧！Have Fun★

□ **ショート**
短髪

□ **ミディアム**
中長髪

□ **ロング**
長髪

□ **ストレート**
直髪

□ **ウェーブ**
波浪大捲

□ **くせ毛**
自然捲

□ **枝毛**
髪尾分岔

My style

□ **抜け毛**
掉髪

□ **おかっぱ**
妹妹頭

46

□ **寝ぐせ**
_ね
起床時髮型崩塌或亂翹的樣子

□ **カット**
剪髮

□ **ヘアカラー**
染髮

□ **ハイライト**
挑染

□ **パーマ**
燙髮

□ **ブロー**
吹髮

□ **エアリー**
輕盈空氣感

□ **アッシュ系**
_{けい}
亞麻色系

□ **シャンプー**
洗髮精，洗髮乳

□ **コンディショナー**
護髮乳

□ **ヘアトリートメント**
護髮霜

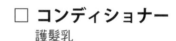

美容院でトリートメントしてもらう。
_{びよういん}
（在美髮沙龍請設計師幫忙護髮。）

穿搭、妝髮塑身、戀愛交友、吃喝玩樂、熱門話題…網羅五大雜誌主題，讓我們一起享受日語學習的樂趣吧！Have Fun★

47

□ **リンス**
潤絲精

□ **ばさつき**
（頭髪）毛燥

□ **さらさら**
（頭髪）乾爽

□ **ヘアコロン**
頭髪専用香水

□ **ヘアムース**
造型慕斯

□ **ヘアワックス**
髪蠟

□ **ヘアサロン**
美髪沙龍

□ **ヘアアレンジ**
編髪

□ **髪質**
髪質

□ **パサパサ**
（頭髪）乾燥

☐ **ウィッグ**
假髮

☐ **ゴム**
髮圈，橡皮筋

☐ **ピン**
髮夾

☐ **ヘアバンド**
髮帶

TOPIC 1
時尚穿搭

TOPIC 2
妝髮塑身

TOPIC 3
戀愛交友

TOPIC 4
吃喝玩樂

TOPIC 5
熱門話題

まっすぐすぎる髪は、こう活かすと◎！
（太直的頭髮只要這樣變化就行啦！）

☐ **カチューシャ**
髮箍，髮圈

☐ **シュシュ**
大腸髮圈

☐ **ヘアアイロン**
捲髮棒，直髮夾

☐ **マジックカーラー**
髮捲

☐ **カール**
捲度，曲線

☐ **ドライヤー**
吹風機

49

☐ **おだんご**
丸子頭，包包頭

☐ **ヘアブラシ**
梳子

☐ **ポニーテール**
馬尾

☐ **毛先**
髪尾

☐ **前髪**
瀏海

☐ **分け目**
分線

☐ **センターパート**
中分

☐ **ハーフアップ**
半頭，公主頭

☐ **サイド流し**
側分髮型

50

□ **タイトアップ**
俐落盤髮

□ **手ぐし**
用手梳理頭髮

 ★ 全靠繽紛指甲來 16 吸引目光

□ **指** (ゆび)
手指

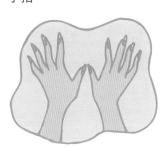

□ **サイド結び** (むす)
側綁髮型

□ **親指** (あやゆび)
大拇指

□ **人差し指** (ひと さ ゆび)
食指

□ **ツインテール**
雙馬尾

□ **中指** (なかゆび)
中指

□ **三つ編み** (み あ)
三股辮

□ **捻る** (ねじ)
扭轉

☐ **薬指** <ruby>薬指<rt>くすりゆび</rt></ruby>
無名指

☐ **小指** <ruby>小指<rt>こゆび</rt></ruby>
小拇指

☐ **ベースコート**
底層護甲油

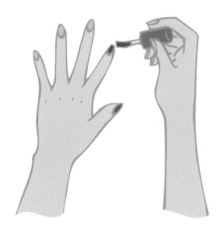

☐ **トップコート**
表層護甲油

☐ **除光液** <ruby>除光液<rt>じょこうえき</rt></ruby>
去光水

☐ **ネイルオイル**
護甲油

☐ **爪切り** <ruby>爪切り<rt>つめき</rt></ruby>
指甲剪

☐ **ネイル用のベース** <ruby>用<rt>よう</rt></ruby>
指甲基底油

☐ **爪やすり** <ruby>爪<rt>つめ</rt></ruby>
指甲磨板

閃亮美甲
就要bling bling

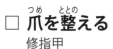

□ 爪を整える
修指甲

□ ささくれ
肉刺

□ ネイルアート
指甲彩繪

□ ペディキュア
足部指甲彩繪

 身體每一寸都要美美的 17

□ ボディケア
身體保養

□ ボディクリーム
身體乳液

□ フレンチネイル
法式指甲

□ ネイルチップ
指甲貼片

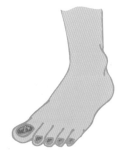

□ ラメ入りオイル
亮粉指甲油

□ ボディミスト
身體香氛噴霧

53

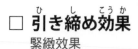

□ **引き締め効果**
<ruby>引<rt>ひ</rt></ruby>き<ruby>締<rt>し</rt></ruby>め<ruby>効果<rt>こうか</rt></ruby>
緊緻效果

□ **二の腕**
<ruby>二<rt>に</rt></ruby>の<ruby>腕<rt>うで</rt></ruby>
上臂

□ **エステティック**
美容沙龍

□ **ボディエステ**
塑身沙龍

□ **ハンドクリーム**
護手霜

□ **あかすり**
去體垢角質

□ **カミソリ**
除毛刀

□ **バスト**
胸部，胸圍

□ **デコルテ**
鎖骨

□ **鎖骨**
<ruby>鎖骨<rt>さこつ</rt></ruby>
頸部到胸口的部位

□ **ウエスト**
腰圍，腰

□ **腰**〔こし〕
腰

□ **美脚**〔び きゃく〕
美腿

□ **くびれ**
小蠻腰

□ **レッグ**
腿

□ **太もも**〔ふと〕
大腿

□ **ひざ**
膝蓋

□ **ふくらはぎ**
小腿

□ **お尻**〔しり〕
屁股

□ **ヒップ**
屁股，臀部

☐ **足首** <ruby>足首<rt>あしくび</rt></ruby>
脚踝

☐ **バストサイズ**
胸圍

☐ **かかと**
腳踝

☐ **つまさき**
腳尖

★ 真想「瘦」！
目標比基尼 ⑱ ♪~

☐ **身長** <ruby>身長<rt>しんちょう</rt></ruby>
身高

☐ **キロ**
公斤

☐ **ウエストサイズ**
腰圍

☐ **ヒップサイズ**
臀圍

太りにくい体質を作ろう！
（培養不易胖的體質吧！）

☐ **体型**
體型

☐ **スタイル**
身材

☐ **細身**
<small>ほそ み</small>
纖瘦

☐ **スリム**
苗條

☐ **細い**
<small>ほそ</small>
細的

☐ **ほっそり**
纖細的

☐ **きゃしゃ**
纖細窈窕的

> **乳酸菌のおかげで、ぽっこりおなかがへっこんだよ！**
> <small>にゅうさんきん</small>
> （乳酸菌的功效讓我凸凸的肚子都扁平了呢！）

☐ **スレンダー**
苗條的

☐ **デブ**
胖子

☐ **ぽっちゃり**
豐滿的

☐ **寸胴**
<small>ずんどう</small>
直桶腰

☐ **下腹**
<small>か ふく</small>
小腹

□ **大根足**
だいこんあし
蘿蔔腿

□ **カロリー**
卡路里

□ **猫背**
ねこぜ
駝背

□ **体脂肪**
たいしぼう
體脂肪

□ **ダイエット**
減肥，減重

□ **ダイエットグッズ**
減肥道具

□ **万歩計**
まんぽけい
計步器

□ **フェイスアップローラー**
瘦臉滾輪

□ **体重計**
たいじゅうけい
體重計

□ **体重チェック**
たいじゅう
量體重

58

☐ **ストレッチ**
伸展，拉筋

☐ **ランニング**
跑步

☐ **ウォーキング**
快走，健走

☐ **筋トレ**
重量訓練

☐ **筋肉**
肌肉

☐ **引き締まる**
緊緻，緊實

TOPIC 1
時尚穿搭

TOPIC 2
妝髮塑身

TOPIC 3
戀愛交友

TOPIC 4
吃喝玩樂

TOPIC 5
熱門話題

**搭配運動
減肥更健康！**

☐ **有酸素運動**
有氧運動

☐ **ジム**
健身房

☐ **デトックス**
排毒

穿搭、妝髮塑身、戀愛交友、吃喝玩樂、熱門話題…網羅五大雜誌主題，讓我們一起享受日語學習的樂趣吧！Have Fun★

□ **食事制限** しょくじせいげん
控制飲食

□ **食欲** しょくよく
食慾

□ **食事量** しょくじりょう
食量

□ **栄養** えいよう
營養

□ **断食** だんじき
斷食

□ **間食** かんしょく
三餐以外的
飲食，點心

□ **消化** しょうか
消化

□ **腹八分目** はらはちぶんめ
八分飽

□ **基礎代謝** きそたいしゃ
基礎代謝

□ **夜食** やしょく
宵夜

□ **便秘** べんぴ
便秘

自己流の断食を長期間続け じこりゅう だんじき ちょうきかんつづ
ると健康を害する恐れが！ けんこう がい おそ

（擅自長期進行斷食法
恐怕會傷身！）

□ **お通じ** つう
排便

□ **停滞期** ていたいき
停滞期

□ リバウンド
復胖

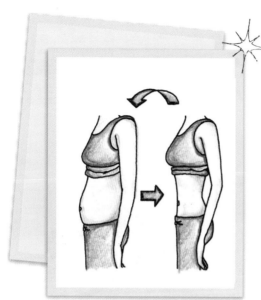

□ 痩せる
瘦下

□ 体重が減る
體重下降

□ 太る
變胖，發福

□ 激太り
暴肥

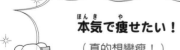

本気で痩せたい！
（真的想變瘦！）

61

★ 單身教主的精采生活

□ **独身**
どくしん
單身

□ **シングル**
單身

□ **条件**
じょうけん
條件

□ **脈あり**
みゃく
有機會，有好感

□ **元カレ**
もと
前男友

□ **元カノ**
もと
前女友

□ **面食い**
めん く
外貌協會

□ **タイプ**
喜歡的類型

□ **草食系男子**
そうしょくけいだんし
草食男

□ **肉食系女子**
にくしょくけいじょし
肉食女

□ **負け犬**
敗犬

□ **マザコン**
戀母情結，媽寶

□ **乙女心**
少女情懷

□ **合コン**
聯誼

□ **お見合い**
相親

□ **干物女**
魚乾女

□ **尽くす女**
奉獻女

□ **ワガママ女**
任性女

□ **ぶりっ子**
做作女

□ **婚活**
相親聯誼

□ **アラサー**
30歳上下的女性

□ **幼<ruby>なじみ<rt>おさな</rt></ruby>**
青梅竹馬

□ **<ruby>友達<rt>ともだち</rt></ruby>**
朋友

□ **<ruby>知<rt>し</rt></ruby>り<ruby>合<rt>あ</rt></ruby>う**
相遇，認識

□ **<ruby>出会<rt>であ</rt></ruby>う**
相遇

□ **<ruby>気持<rt>きも</rt></ruby>ち**
心情

□ **<ruby>素直<rt>すなお</rt></ruby>**
坦率，坦白

□ **<ruby>距離<rt>きょり</rt></ruby>**
距離

□ **<ruby>友人<rt>ゆうじん</rt></ruby>**
友人

□ **<ruby>相手<rt>あいて</rt></ruby>**
對方

まだ<ruby>一人<rt>ひとり</rt></ruby>に<ruby>決<rt>き</rt></ruby>めたくない。<ruby>遊<rt>あそ</rt></ruby>んでいたい。
（我還不想定下來。我想要再玩一陣子。）

時尚五顆星日語學習，讓你知道
Fashion、Beauty、Play怎麼用日語說 ★

□ **心**
こころ
內心，心情

□ **ほしい**
想要

□ **恥ずかしい**
はじ
害羞的，不好意思的

□ **魅力**
みりょく
魅力

□ **満足**
まんぞく
滿足

TOPIC 1
時尚穿搭

TOPIC 2
妝髮塑身

TOPIC 3
戀愛交友

TOPIC 4
吃喝玩樂

TOPIC 5
熱門話題

□ **自由**
じゆう
自由

□ **快活**
かいかつ
快活

□ **迷う**
まよ
猶豫，迷惑

□ **惹かれる**
ひ
被吸引

> とりあえず1回
> かい
> デートしてみたけど、やっ
> ぱり「お友だち」止まり。
> とも　ど
> （雖然先試著約會了一次，兩人
> 畢竟還是只能當朋友。）

搭、妝髮塑身、戀愛交友、吃喝玩樂、熱門話題…網羅五大雜誌主題，讓我們一起享受日語學習的樂趣吧！Have Fun★

□ **メロメロ**
迷得暈頭轉向

□ **誘う**
邀約

□ **異性**
異性

□ **口説く**
追求

□ **モテモテ**
異性緣佳

超貼切！
好友類型大剖析 20

□ **赤い糸**
紅線

□ **かわいい**
可愛的

□ **同性愛**
同性戀

□ **バイセクシャル**
雙性戀

□ **モテる**
受歡迎，桃花運旺

□ **あどけない**
天真爛漫的

□ **ナンパ**
搭訕

ケータイ番号聞いてみたら、
あっさり教えてくれた♥
（試探地問了對方的手機號碼，沒
想到他很乾脆地告訴我了♥）

□ **無邪気**
〈むじゃき〉
天真無邪的

□ **きれい**
漂亮的

□ **美しい**
〈うつく〉
美麗的

□ **優雅**
〈ゆうが〉
優雅

□ **色っぽい**
〈いろ〉
有女人味

□ **色気**
〈いろけ〉
性感，誘惑力

□ **格好いい**
〈かっこう〉
帥氣的

□ **ハンサム**
英俊

□ **品がいい**
〈ひん〉
文雅

□ **態度**
〈たいど〉
態度

TOPIC 1
時尚穿搭

TOPIC 2
妝髮塑身

TOPIC 3
戀愛交友

TOPIC 4
吃喝玩樂

TOPIC 5
熱門話題

穿搭、妝髮塑身、戀愛交友、吃喝玩樂、熱門話題…網羅　　雜誌主題，讓我們一起享受日語學習的樂趣吧！Have Fun★

□ **性格** _{せいかく}
個性

□ **親切** _{しんせつ}
親切

□ **個性** _{こせい}
個性

□ **優しい** _{やさ}
溫柔體貼的

□ **面白い** _{おもしろ}
風趣的

□ **つまらない**
無聊的

□ **思いやり** _{おも}
體貼

□ **元気** _{げんき}
有精神，有朝氣

□ **礼儀正しい** _{れいぎただ}
彬彬有禮的

□ **真面目** _{まじめ}
認真

□ **おとなしい**
老實的

□ **ニコニコ**
笑嘻嘻

□ **熱心**〔ねっしん〕
熱心

□ **聡明**〔そうめい〕
聰明

□ **さっぱり**
直爽

□ **さわやか**
爽朗

□ **朗らか**〔ほがらか〕
開朗的

□ **無愛想**〔ぶあいそう〕
不親切

お見合いパーティーに参加し
〔みあ〕　　　　　　　　　〔さんか〕
てみる！
（試著去參加相親派對！）

□ **マイペース**
我行我素

□ **社交的**〔しゃこうてき〕
善於社交的

□ **静か**〔しず〕
安靜

穿搭、妝髮塑身、戀愛交友、吃喝玩樂、熱門話題…網羅五大雜誌主題，讓我們一起享受日語學習的樂趣吧！Have Fun★

69

□ **無口**（むくち）
沉默寡言

□ **頑固**（がんこ）
頑固

□ **内向的**（ないこうてき）
內向的

□ **疑い深い**（うたがいぶかい）
疑神疑鬼的

□ **そそっかしい**
粗線條的

□ **涙もろい**（なみだもろい）
愛哭的

□ **ずるい**
狡猾的

□ **激しい**（はげしい）
激進的

□ **意地悪**（いじわる）
壞心的

□ **短気**（たんき）
性急的

□ **正直**（しょうじき）
正直

□ **謙虚**（けんきょ）
謙虛

□ **傲慢**（ごうまん）
傲慢

「**尽くす女**（つくすおんな）」はもう古（ふる）い！今（いま）は「**ワガママ女**（おんな）」の時代（じだい）だ！

（「奉獻女」已經落伍了！現在是「任性女」的時代！）

70

 ★ 來談場幸福甜蜜
的戀愛吧！

□ 出会い
邂逅

□ 一目惚れ
一見鍾情

□ デート
約會

□ 初デート
初次約會

□ ラブレター
情書

□ 純愛
純愛

□ 初恋
初戀

□ バレンタイン
情人節

□ ロマンチック
浪漫

□ 憧れる
愛慕

穿搭、妝髮塑身、戀愛交友、吃喝玩樂、熱門話題…網羅五大雜誌主題，讓我們一起享受日語學習的樂趣吧！Have Fun★

□ 好^すき
喜歡

□ 告白^{こくはく}
告白

□ 付^つき合^あう
交往

□ 交際^{こうさい}
交往

□ 彼氏^{かれし}
男朋友

□ 彼女^{かのじょ}
女朋友

□ 大好^{だいす}き
非常喜歡

□ 愛^{あい}する
愛戀

□ 惚^ほれる
迷戀

I LOVE U ♥

□ <ruby>今<rt>いま</rt></ruby>カレ
現任男友

□ キープ
備胎

□ <ruby>今<rt>いま</rt></ruby>カノ
現任女友

□ <ruby>恋<rt>こい</rt></ruby>のライバル
情敵

□ <ruby>恋人<rt>こいびと</rt></ruby>
戀人

□ カップル
情侶

□ ラブラブ
恩愛

□ ヒモ
小白臉

□ <ruby>年上恋愛<rt>としうえれんあい</rt></ruby>
與比自己年長的人相戀

□ ドキドキ
小鹿亂撞

穿搭、妝髮塑身、戀愛交友、吃喝……五大雜誌主題，讓我們一起享受日語學習的樂趣吧！Have Fun★

□ **イチャイチャ**
打得火熱，卿卿我我

□ **のろけ話**
曬恩愛，放閃光

□ **貝殻つなぎ**
十指交扣

□ **カップルつなぎ**
十指交扣

□ **間接キス**
間接接吻

□ **ファーストキス**
初吻

□ **キス**
接吻，親親

□ **ディープキス**
舌吻，濕吻

□ **キスマーク**
吻痕

□ **記念日**
紀念日

□ **セックス**
性愛

□ **コンドーム**
保險套

□ **絆**（きずな）
關係，羈絆

□ **縁**（えん）
緣分

□ **復縁**（ふくえん）
復合

□ **同棲**（どうせい）
同居

□ **プロポーズ**
求婚

□ **結納**（ゆいのう）
訂婚

□ **結納品**（ゆいのうひん）
聘禮

□ **ご祝儀**（しゅうぎ）
禮金，紅包

□ **結納金**（ゆいのうきん）
聘金

□ **婚約**（こんやく）
婚約

□ **婚約者** <ruby>婚約者<rt>こんやくしゃ</rt></ruby>
未婚夫，未婚妻

□ **フィアンセ**
未婚夫，未婚妻

□ **婚姻届** <ruby>婚姻届<rt>こんいんとどけ</rt></ruby>
結婚登記申請書

□ **結婚退職** <ruby>結婚退職<rt>けっこんたいしょく</rt></ruby>
因婚請辭

□ **結婚式** <ruby>結婚式<rt>けっこんしき</rt></ruby>
婚禮

□ **仲人** <ruby>仲人<rt>なこうど</rt></ruby>
媒人

□ **結婚** <ruby>結婚<rt>けっこん</rt></ruby>
結婚

□ **結ばれる** <ruby>結<rt>むす</rt></ruby>ばれる
結為連理

□ **結婚披露宴** <ruby>結婚披露宴<rt>けっこんひろうえん</rt></ruby>
結婚宴客

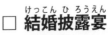

□ **ゴールイン**
達成結婚目標

□ **式場**
しきじょう
婚禮會場

★ ★

□ **ブーケ**
捧花

□ **ベール**
頭紗

□ **招待状**
しょうたいじょう
喜帖

□ **新郎新婦**
しんろうしんぷ
新郎新娘

□ **結婚証明書**
けっこんしょうめいしょ
結婚證書

□ **引き出物**
ひ　で もの
（婚禮的）伴手禮

□ **ウエディングドレス**
婚紗

□ 花嫁
はなよめ
新娘

□ 花婿
はなむこ
新郎

□ 新婚旅行
しんこんりょこう
蜜月旅行

□ 格差婚
かくさこん
通常指女高男低的婚姻關係

□ 本気
ほんき
認真，真心

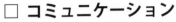

□ 新婚時代
しんこんじだい
新婚時期

□ 嫁ぐ
とつ
嫁

□ 妊娠
にんしん
懐孕

□ デキ婚
こん
奉子成婚

□ コミュニケーション
溝通

□ 夫婦
ふうふ
夫妻

□ 夫 ^{おっと}
丈夫

□ 妻 ^{つま}
妻子

□ ダーリン
達令

□ 姑 ^{しゅうとめ}
婆婆

□ 嫁 ^{よめ}
媳婦

□ 価値観 ^{か ち かん}
價值觀

□ 入籍 ^{にゅう せき}
入籍

□ 戸籍 ^{こ せき}
戶籍

□ 家族 ^{か ぞく}
家族

TOPIC 1
時尚穿搭

TOPIC 2
妝髮塑身

TOPIC 3
戀愛交友

TOPIC 4
吃喝玩樂

TOPIC 5
熱門話題

 為什麼總是沒有好
戀情呢？ 22

□ 片思い ^{かた おも}
單戀，單相思

79

□ **友達以上恋人未満**
とも だち い じょう こい びと み まん
超過朋友卻不及戀人的關係

□ **二股男**
ふた また おとこ
劈腿男

□ **ドタキャン**
放鴿子，臨時取消

□ **腐れ縁**
くさ えん
孽緣

□ **フラれる**
被甩

□ **悪縁**
あく えん
爛桃花

□ **浮気**
うわ き
劈腿，偷吃

□ **禁断の恋**
きん だん こい
不被允許的戀情

□ **略奪愛**
りゃく だつ あい
橫刀奪愛

□ **不倫**
ふ りん
外遇，不倫

目睹男友牽著
別的女生…

□ **三角関係**
さん かく かん けい
三角關係

もうあんな
二股男はコリゴリ！
ふた また おとこ
（我已經受夠那種劈腿男了！）

□ **遠距離恋愛**
えんきょ り れんあい
遠距離戀愛

□ **ヤキモチ**
吃醋

□ **マンネリ**
一成不變

□ **倦怠期**
けんたい き
倦怠期

□ **独占欲**
どくせんよく
獨佔欲

□ **束縛**
そくばく
束縛

□ **嫉妬**
しっ と
嫉妒

□ **悲しい**
かな
悲傷的

□ **寂しい**
さび
寂寞的

□ **むなしい**
空虛的

□ **ケンカ**
吵架，打架

穿搭、妝髮塑身、戀愛交友、吃喝玩樂、熱門話題…網羅五大雜誌主題，讓我們一起享受日語學習的樂趣吧！Have Fun★

□ 傷つける
きず
傷害

□ 我慢
が まん
忍耐

□ 許す
ゆる
原諒

□ 嫌い
きら
討厭

□ 飽きる
あ
厭倦

□ 別れる
わか
分手

□ 破局
は きょく
感情破局

□ 失恋
しつれん
失戀

□ 離婚
り こん
離婚

□ 忘れる
わす
忘記

□ 引きずる
ひ
眷戀，念念不忘

82

ノート

TOPIC 1
時尚穿搭

TOPIC 2
妝髮塑身

TOPIC 3
戀愛交友

TOPIC 4
吃喝玩樂

TOPIC 5
熱門話題

TOPIC 4 吃喝玩樂 23

★ 休閒活動熱潮，席捲全球！

□ **花見**
はなみ
賞花

□ **月見**
つきみ
賞月

□ **雪見**
ゆきみ
賞雪

□ **紅葉狩り**
もみじが
賞楓

□ **夜景**
やけい
夜景

□ **ハイキング**
健行

□ **キャンプ**
露營

□ **登山**
とざん
登山

□ **ピクニック**
野餐

今年のお花見、今まで行ったことがないとこにしてみよっか？
ことし はなみ いま い
（今年賞櫻要不要去沒到過的地方看看呢？）

□ **ウオッチング**
觀察，觀賞

□ **散歩**（さんぽ）
散步

□ **運動**（うんどう）
運動

□ **スポーツ**
運動

□ **サイクリング**
騎單車運動

□ **ドライブ**
開車兜風

□ **ボーリング**
保齡球

□ **カラオケ**
卡拉OK，KTV

□ **野球**（やきゅう）
棒球

穿搭、妝髮塑身、戀愛交友、吃喝玩樂、熱門話題…網羅五大雜誌主題，讓我們一起享受日語學習的樂趣吧！Have Fun★

85

□ **テニス**
網球

勝負<ruby>しょう<rt></rt></ruby>しましょう！

（來比一場吧！）

My style

□ **サッカー**
足球

□ **バレーボール**
排球

□ **ゴルフ**
高爾夫球

□ **バスケットボール**
籃球

☐ **バドミントン**
羽毛球

☐ **卓球**（たっきゅう）
桌球

☐ **ヨガ**
瑜珈

☐ **水泳**（すいえい）
游泳

☐ **バレエ**
芭蕾

☐ **社交ダンス**（しゃこう）
社交舞

☐ **エアロビクス**
有氧舞蹈

☐ **ジョギング**
慢跑

☐ **ダンス**
跳舞

☐ **マラソン**
馬拉松

☐ **泳ぐ**（およ）
游泳

週に 1、2回スポーツクラブ（しゅう）（かい）
で汗を流しています。（あせ）（なが）

（每星期上健身房一兩次，
讓自己流流汗。）

穿搭、妝髮塑身、戀愛交友、吃喝玩樂、熱門話題…網羅五大雜誌主題，讓我們一起享受日語學習的樂趣吧！Have Fun★

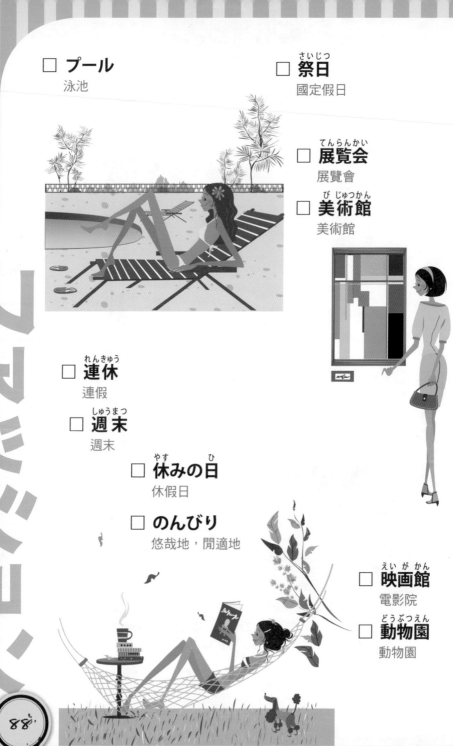

□ **プール**
泳池

□ **祭日**（さいじつ）
國定假日

□ **展覧会**（てんらんかい）
展覽會

□ **美術館**（びじゅつかん）
美術館

□ **連休**（れんきゅう）
連假

□ **週末**（しゅうまつ）
週末

□ **休みの日**（やす・ひ）
休假日

□ **のんびり**
悠哉地，閒適地

□ **映画館**（えいがかん）
電影院

□ **動物園**（どうぶつえん）
動物園

★ 偶爾來場一個人的
微旅行

□ **バックパッカー**
背包客

□ **一人旅**
獨自旅行

□ **地図**
地圖

□ **グルメ**
美食；美食家

□ **B級グルメ**
平民美食

□ **両替**
兌鈔，換錢

□ **異国情緒**
異國風情

□ **景色**（けしき）
景色

□ **満喫**（まんきつ）
充分享受

□ **写真**（しゃしん）
照片

□ **お土産**（みやげ）
伴手禮

□ **問屋街**（とんやがい）
商街，商圈

□ **温泉**（おんせん）
溫泉

□ **ディズニーランド**
迪士尼樂園

□ **個人旅行**（こじんりょこう）
自助旅行

□ **パックツアー**
跟團旅行

□ **旅行会社**（りょこうがいしゃ）
旅行社

□ **添乗員**（てんじょういん）
領隊

□ **ガイド**
導遊

□ **スポット**
景點

□ **パスポート**
護照

□ **円**
<ruby>円<rt>えん</rt></ruby>
日圓

□ **格安航空会社**
<ruby>格安航空会社<rt>かくやすこうくうがいしゃ</rt></ruby>
廉價航空公司

□ **料金**
<ruby>料金<rt>りょうきん</rt></ruby>
花費，費用

□ **空港**
<ruby>空港<rt>くうこう</rt></ruby>
機場

□ **ホテル**
飯店，旅館

□ **旅館**
<ruby>旅館<rt>りょかん</rt></ruby>
日式旅館

□ **予約**
<ruby>予約<rt>よやく</rt></ruby>
預約

□ **〜泊**
<ruby>泊<rt>はく</rt></ruby>
（住）…晚

TOPIC 1
時尚穿搭

TOPIC 2
妝髮塑身

TOPIC 3
戀愛交友

TOPIC 4
吃喝玩樂

TOPIC 5
熱門話題

□ **泊まる**
<ruby>泊<rt>と</rt></ruby>まる
住宿

抽選で箱根 1 泊旅行が当たっちゃった。
<ruby>抽選<rt>ちゅうせん</rt></ruby>で<ruby>箱根<rt>はこね</rt></ruby> 1 <ruby>泊旅行<rt>ぱくりょこう</rt></ruby>が<ruby>当<rt>あ</rt></ruby>たっちゃった。

うれし〜♥

（抽獎得到了箱根兩天一夜行。真開心〜♥）

穿搭、妝髮塑身、戀愛交友、吃喝玩樂、熱門話題…網羅五大雜誌主題，讓我們一起享受日語學習的樂趣吧！Have Fun★

91

□ **日帰り**
（ひがえ）
當天來回

□ **世界一周**
（せかいいっしゅう）
環遊世界

□ **新幹線**
（しんかんせん）
新幹線

□ **地下鉄**
（ちかてつ）
地下鐵

もっと**世界**のコト
が**知**りたいから、
いろんなとこに**行**ってみたいナ☆
（せかい）（し）（い）
（我想更加了解這個世界，所以好想去很
多不同的地方看一看喔☆）

□ **タクシー**
計程車

□ **バス**
公車，遊覽車

⭐ 享樂 x 玩耍！
各國城市熱點特搜

25

□ **海外旅行**
（かいがいりょこう）
出國旅行

□ **豪華客船**
（ごうかきゃくせん）
豪華郵輪

時尚五顆星日語學習，讓你知道
Fashion、Beauty、Play怎麼用日語說 ★

□ **日本**
にほん
日本

□ **東京**
とうきょう
東京

□ **京都**
きょうと
京都

TOPIC 1
時尚穿搭

TOPIC 2
妝髮塑身

TOPIC 3
戀愛交友

TOPIC 4
吃喝玩樂

TOPIC 5
熱門話題

□ **北海道**
ほっかいどう
北海道

□ **大阪**
おおさか
大阪

□ **台湾**
たいわん
台灣

□ **台北**
タイペイ
台北

□ **香港**
ホンコン
香港

京都みたいに歴史があって、
きょうと　　　　　れきし
古風な町が好きだ♥
こふう　まち　す

（好喜歡和京都一樣歷史悠久，具有
古老風情的城市♥）

93

□ **アメリカ**
美國

□ **北京**〔ペキン〕
北京

□ **上海**〔シャンハイ〕
上海

□ **韓国**〔かんこく〕
韓國

□ **ニューヨーク**
紐約

□ **ハワイ**
夏威夷

□ **ヨーロッパ**
歐洲

　□ **イギリス**
　英國

　□ **フランス**
　法國

時尚五顆星日語學習，讓你知道
Fashion、Beauty、Play怎麼應用日語説 ★

□ **パリ**
巴黎

□ **エジプト**
埃及

TOPIC 1
時尚穿搭

□ **ドイツ**
德國

TOPIC 2
妝髮塑身

TOPIC 3
戀愛交友

TOPIC 4
吃喝玩樂

TOPIC 5
熱門話題

★ 女孩包包裡的
必備小物 26

□ **ケイタイ・ケータイ・携帯**
手機

□ **スマートフォン**
智慧型手機

□ **スペイン**
西班牙

□ **イタリア**
義大利

□ **スマホケース**
手機保護套

□ **オーストラリア**
澳洲

> **何度行っても、パリは夢の国みたい。**
> （不管去幾次，巴黎都像夢想國度一樣。）

搭、妝髮塑身、戀愛交友、吃喝玩樂、熱門話題…網羅五大雜誌主題，讓我們一起享受日語學習的樂趣吧！Have Fun★

□ **ストラップ**
吊飾

□ **iPod**（アイポッド）
iPod

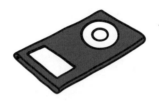

□ <ruby>本<rt>ほん</rt></ruby>
書

□ **ブックカバー**
封面、書衣

□ **ノート**
筆記本

包包裡的幸運物是什麼？

□ **デジカメ**
數位相機

□ **ポラロイドカメラ**
拍立得

□ <ruby>自分撮<rt>じぶんど</rt></ruby>り
自拍

□ **ペン**
筆

□ <ruby>鉛筆<rt>えんぴつ</rt></ruby>
鉛筆

□ **目薬**〔め ぐすり〕
眼藥水

□ **マスク**
口罩

□ **めがねサック**
眼鏡套

□ **ハンカチ**
手帕

□ **ティッシュ**
面紙

□ **鍵**〔かぎ〕
鑰匙

□ **ケイタイの充電器**〔じゅうでん き〕
手機充電器

□ **イヤホン**
耳機

□ **手鏡**〔て かがみ〕
隨身鏡

□ **歯ブラシセット**〔は〕
牙刷牙膏組

□ **歯ブラシ**〔は〕
牙刷

□ **練り歯磨き**〔ね は みが〕
牙膏

搭、妝髮塑身、戀愛交友、吃喝玩樂、熱門話題…網羅五大雜誌主題，讓我們一起享受日語學習的樂趣吧！Have Fun★

□ **タンブラー**
隨行杯

□ **傘**
　かさ
傘

□ **折り畳み傘**
　お　たた　がさ
摺疊傘

□ **パスタ**
義大利麵

★ 美食饗宴，好開心好滿足 ㉗ ♪~

□ **ハンバーグ**
漢堡排

□ **カレーライス**
咖哩飯

□ **ステーキ**
牛排

□ **肉じゃが**
　にく
馬鈴薯燉肉

□ **刺身**
　さしみ
生魚片

□ **寿司**
　す　し
壽司

□ **うな重**
じゅう
鰻魚飯

□ **お好み焼き**
こ や
什錦燒

TOPIC 1
時尚穿搭

TOPIC 2
妝髮塑身

TOPIC 3
戀愛交友

TOPIC 4
吃喝玩樂

TOPIC 5
熱門話題

□ **オムライス**
蛋包飯

□ **しゃぶしゃぶ**
涮涮鍋

□ **すき焼き**
や
壽喜燒

□ **天ぷら**
てん
天婦羅

□ **チャーハン**
炒飯

おいしそう♡

（看起來好好吃♡）

搭、妝髮塑身、戀愛交友、吃喝玩樂、熱門話題…網羅五大雜誌主題，讓我們一起享受日語學習的樂趣吧！Have Fun★

99

□ **お茶漬け**
ちゃづ
茶泡飯

□ **そば**
蕎麥麵

□ **うどん**
烏龍麵

□ **コロッケ**
可樂餅

□ **たこ焼き**
や
章魚燒

□ **おでん**
關東煮

□ **ラーメン**
拉麵

□ **みそ汁**
しる
味噌湯

□ **焼きそば**
や
炒麵

□ **納豆**
なっとう
納豆

□ **牛丼**
ぎゅうどん
牛肉蓋飯

□ **カツ丼**
どん
豬排蓋飯

□ **焼き肉**
や にく
燒肉

□ **鉄板焼き**
てっぱん や
鐵板燒

□ **バーベキュー**
烤肉

□ **お握り**
にぎ
飯糰

おいしいものしか、食べ
たくない！
た
（我只想吃好吃的東西！）

□ **焼き鮭**
や じゃけ
烤鮭魚

□ **天丼**
てんどん
天婦羅蓋飯

□ **焼き魚**
や ざかな
烤魚

□ **茶碗蒸し**
ちゃわん む
茶碗蒸

□ 目玉焼き
めだまやき
荷包蛋

□ 卵焼き
たまごやき
日式煎蛋

□ 鍋料理
なべりょうり
火鍋

□ お雑煮
ぞうに
年糕鹹湯

□ パン
麵包

□ アップルパイ
蘋果派

□ サンドイッチ
三明治

美味

□ 懐石料理
かいせきりょうり
懐石料理

□ サラダ
沙拉

□ **石焼ビビンバ** ★
（いしやき）
石鍋拌飯

□ **キムチ**
韓式泡菜

□ **飲茶**
（ヤムチャ）
港式飲茶

□ **ホットドッグ**
熱狗堡，大亨堡

□ **ソーセージ**
（德式）香腸

□ **餃子**
（ギョウ ザ）
餃子

□ **ポップコーン**
爆米花

□ **ポテトチップス**
洋芋片

□ **どら焼き**
（や）
銅鑼燒

□ **はちみつケーキ**
用蜂蜜作的蛋糕

□ **あんみつ**
紅豆餡日式甜點

□ **わたあめ**
棉花糖

TOPIC 1
時尚穿搭

TOPIC 2
妝髮塑身

TOPIC 3
戀愛交友

TOPIC 4
吃喝玩樂

TOPIC 5
熱門話題

穿搭、妝髮塑身、戀愛交友、吃喝玩樂、熱門話題…網羅五大雜誌主題，讓我們一起享受日語學習的樂趣吧！Have Fun★

□ **和菓子**
日式點心

□ **洋菓子**
西式點心

□ **プリン**
布丁

□ **ヨーグルト**
優格

□ **キャンデー**
糖果

□ **チョコ**
（チョコレートの略）
巧克力

□ **本命チョコ**
送給喜歡男生的巧克力

□ **スイーツ**
甜點

□ **チーズケーキ**
起士蛋糕

□ **パンケーキ**
厚鬆餅，圓形煎餅

□ **シュークリーム**
泡芙

□ **手作りクッキー**
手工餅乾

□ **パフェ**
聖代

□ **アイスクリーム**
冰淇淋

□ **野菜ジュース**
果菜汁

□ **牛乳**
牛奶

□ **コーヒー**
咖啡

□ **カフェオレ**
咖啡歐蕾

□ **ココア**
可可

□ **カキ氷**
刨冰

 ★ 忍不住貪杯的
季節飲品 28

□ **飲み物**
飲品

□ **ジュース**
果汁

□ **乳酸飲料**
乳酸飲料

☐ **水**（みず）
水

☐ **ミネラルウォーター**
礦泉水

☐ **炭酸飲料**（たんさんいんりょう）
碳酸飲料

☐ **コーラ**
可樂

☐ **栄養ドリンク**（えいよう）
營養補充飲料

☐ **お茶**（ちゃ）
茶

☐ **抹茶**（まっちゃ）
抹茶

☐ **麦茶**（むぎちゃ）
麥茶

☐ **ウーロン茶**（ちゃ）
烏龍茶

☐ **紅茶**（こうちゃ）
紅茶

☐ **玄米茶**（げんまいちゃ）
玄米茶

☐ **緑茶**（りょくちゃ）
綠茶

☐ **酒**（さけ）
酒

☐ **ワイン**
葡萄酒

 滿分料理要
準備的食材

TOPIC 1
時尚穿搭

TOPIC 2
妝髮塑身

TOPIC 3
戀愛交友

TOPIC 4
吃喝玩樂

TOPIC 5
熱門話題

□ 清酒
せいしゅ

清酒

□ ラム

萊姆酒

□ カクテル

雞尾酒

□ 焼酎
しょうちゅう

日式燒酒

□ ウィスキー

威士忌

□ ブランデー

白蘭地

□ ビール

啤酒

□ 肉
にく

肉

□ 鶏肉
とりにく

雞肉

□ 豚肉
ぶたにく

豬肉

□ 牛肉
ぎゅうにく

牛肉

□ ひき肉
にく

絞肉

□ 細切れ
こまぎ

肉片或肉塊（含
切剩的肉）

107

穿搭、妝髮塑身、戀愛交友、吃喝玩樂、熱門話題…網羅五大雜誌主題，讓我們一起享受日語學習的樂趣吧！Have Fun★

自炊は家計にも健康管理にもいい！

（自己下廚對於家用支出和維護健康都有好處！）

□ **イカ**
花枝

□ **ロブスター**
龍蝦

□ **ハム**
火腿

□ **ベーコン**
培根

□ **魚**
魚

□ **貝**
貝類

□ **エビ**
蝦

□ **カニ**
螃蟹

□ **タコ**
章魚

★
★

□ **野菜**
蔬菜

□ **キャベツ**
高麗菜，甘藍菜

時尚五顆星日語學習，讓你知道
Fashion、Beauty 、Play怎麼用日語說 ★

☐ **カリフラワー**
白花椰菜

☐ **ブロッコリー**
綠花椰菜

☐ **白菜**（はくさい）
白菜

☐ **ほうれん草**（そう）
菠菜

☐ **もやし**
豆芽菜

☐ **セリ・芹**（せり）
水芹菜

☐ **グリ（ー）ンピース**
青豌豆

☐ **春菊**（しゅんぎく）
茼蒿

☐ **レタス**
萵苣

☐ **枝豆**（えだまめ）
毛豆

ちょっと青みを足したほう（あお）（た）
がいい。
（加入一點綠色會更好。）

□ **ごぼう**
牛蒡

□ **とうもろこし**
玉蜀黍

□ **たけのこ・竹の子・筍**
たけ こ たけのこ
竹筍

□ **シイタケ**
香菇

□ **なす・茄子**
な す
茄子

□ **シメジ**
鴻喜菇

□ **トマト**
番茄

□ **かぼちゃ・南瓜**
南瓜

□ **里芋**
芋頭

□ **さつまいも**
地瓜，甘薯

□ **芋**
澱粉根莖類

□ **じゃがいも**
馬鈴薯

□ **山芋**
山藥的一種

□ **大根**
白蘿蔔

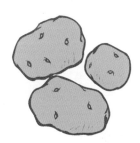

□ **にんじん・人参**
紅蘿蔔

**彼の胃袋とハートを掴む肉
じゃがの作り方教えます！**

（教妳能抓住男人的胃和心的馬
鈴薯燉肉做法！）

111

□ **玉ねぎ**
<ruby>玉<rt>たま</rt></ruby>ねぎ
洋蔥

□ **にんにく**
蒜頭

□ **ネギ・葱**
<ruby>葱<rt>ねぎ</rt></ruby>
蔥

□ **ピーマン**
青椒

□ **きゅうり・胡瓜**
<ruby>胡瓜<rt>きゅうり</rt></ruby>
小黃瓜

□ **ニラ**
韭菜

□ **オクラ**
秋葵

★ 好女孩的速成
料理教室 30

□ **手作り弁当**
<ruby>手作<rt>てづく</rt></ruby>り<ruby>弁当<rt>べんとう</rt></ruby>
親手製作的便當

□ **ワサビ**
山葵

□ **クッキング**
烹飪，下廚

□ **料理**
<ruby>料理<rt>りょう り</rt></ruby>
料理，菜餚

□ レシピ
食譜

□ 食材
食材

□ ヘルシー
健康

□ 砂糖
砂糖

□ 砂糖抜き
不加糖

□ 調味料
調味料

□ 醬油
醬油

□ 塩
鹽巴

□ 煮る
煮

□ 揚げる
炸

□ 蒸す
蒸

□ 炒める
炒

□ 切る
切

塩もちょっと入れるといいよ。
（也稍微放一點鹽吧！）

TOPIC 1
時尚穿搭

TOPIC 2
妝髮塑身

TOPIC 3
戀愛交友

TOPIC 4
吃喝玩樂

TOPIC 5
熱門話題

□ **焼く**
や
烤

□ **おたま**
勺子

□ **温める**
あたた
加熱

□ **電子レンジ**
でん　し
微波爐

□ **しゃもじ**
飯匙

□ **茶碗**
ちゃわん
飯碗，碗

□ **包丁**
ほうちょう
菜刀

□ **まな板**
いた
砧板

□ **コップ**
杯子

□ **フォーク**
叉子

簡單生活

□ **カップ**
咖啡杯，茶杯

□ **グラス**
玻璃杯

□ **スプーン**
湯匙

□ **お皿**
さら
盤子

□ **ちゃさじ**
茶匙

□ **トースター**
烤麵包機

□ **炊飯器** (すいはんき)
電子鍋

□ **鍋** (なべ)
鍋子

□ **フライパン**
平底鍋

□ **やかん**
燒開水的茶壺

□ **エプロン**
圍裙

□ **トッピング**
擺盤

★ 讓人羨慕的美肌
秘訣是水果？

31

□ **果物** (くだもの)
水果

□ **フルーツ**
水果

□ **りんご**
蘋果

お茶の淹れ方って意外と奥が深い！ (ちゃ・い・かた・いがい・おく・ふか)
（沒想到泡茶的方法居然相當深澳！）

搭、妝髮塑身、戀愛交友、吃喝玩樂、熱門話題…網羅五大雜誌主題，讓我們一起享受日語學習的樂趣吧！Have Fun★

117

☐ **オレンジ**
柳橙

☐ **みかん・ミカン**
橘子

☐ **キウイ**
奇異果

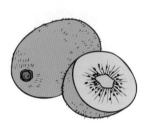

☐ **いちご・苺**
草莓

☐ **スイカ・西瓜**
西瓜

☐ **レモン**
檸檬

☐ **桃**
桃子

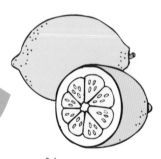

☐ **さくらんぼ**
櫻桃

☐ **ぶどう・ブドウ**
葡萄

☐ **梨**
梨子

☐ **バナナ**
香蕉

□ **グレープフルーツ**
葡萄柚

□ **パイナップル**
鳳梨

□ **メロン**
哈密瓜

□ <ruby>柿<rt>かき</rt></ruby>
柿子

★ 私房餐廳行腳大調查 ㉜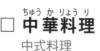

□ <ruby>中華料理<rt>ちゅうかりょうり</rt></ruby>
中式料理

□ <ruby>日本料理<rt>にほんりょうり</rt></ruby>
日本料理

□ <ruby>韓国料理<rt>かんこくりょうり</rt></ruby>
韓國料理

□ <ruby>洋食<rt>ようしょく</rt></ruby>
西式料理

□ **フランス<ruby>料理<rt>りょうり</rt></ruby>**
法國料理

□ **イタリア<ruby>料理<rt>りょうり</rt></ruby>**
義大利料理

TOPIC 1
時尚穿搭

TOPIC 2
妝髮塑身

TOPIC 3
戀愛交友

TOPIC 4
吃喝玩樂

TOPIC 5
熱門話題

□ **インド料理** <small>りょうり</small>
印度料理

□ **回転寿司** <small>かいてんずし</small>
迴轉壽司

□ **食堂** <small>しょくどう</small>
食堂，飯館

□ **弁当屋** <small>べんとうや</small>
便當專賣店

□ **レストラン**
餐廳

□ **オープンカフェ**
露天咖啡店

□ **居酒屋** <small>いざかや</small>
居酒屋

□ **コンビニ**
便利商店

□ **料亭** <small>りょうてい</small>
高級傳統日本料理店

□ **屋台** <small>やだい</small>
攤販

□ **ファーストフード**
速食

□ **パブ**
酒吧

□ **シェフ**
主廚

□ **ティータイム**
下午茶時間

□ **まずい**
難吃的

□ **甘^{あま}い**
甜的

□ **すっぱい**
酸的

□ **食^たべ放^{ほうだい}題**
吃到飽

□ **飲^のみ放^{ほうだい}題**
無限暢飲

□ **見^みた目^めも味^{あじ}も完^{かんぺき}璧**
色香味俱全

□ **しょっぱい**
鹹的

□ **辛^{から}い**
辣的

□ **脂^{あぶら}っこい**
油腻的

□ **さっぱり**
清淡的

□ **食^{しょっかん}感**
口感

□ **味^{あじ}**
味道

□ **匂^{にお}い**
氣味

□ **おいしい**
美味的，好吃的

TOPIC 1
時尚穿搭

TOPIC 2
妝髮塑身

TOPIC 3
戀愛交友

TOPIC 4
吃喝玩樂

TOPIC 5
熱門話題

★ 你相信星座命盤嗎？

□ **星座**
<small>せい ざ</small>
星座

□ **蟹座**
<small>かに ざ</small>
巨蟹座

□ **牡羊座**
<small>お ひつじ ざ</small>
牡羊座

□ **獅子座**
<small>し し ざ</small>
獅子座

□ **牡牛座**
<small>おう し ざ</small>
金牛座

□ **乙女座**
<small>おと め ざ</small>
處女座

□ **双子座**
<small>ふた ご ざ</small>
雙子座

12星座運勢ランキングをどうぞ！
<small>せい ざ うんせい</small>

（請看12星座運勢排行榜！）

□ **天秤座**
てんびん ざ

天秤座

□ **水瓶座**
みずがめ ざ

水瓶座

□ **蠍座**
さそり ざ

天蠍座

□ **魚座**
うお ざ

雙魚座

□ **射手座**
いて ざ

射手座

□ **誕生日**
たんじょう び

生日

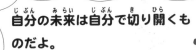
自分の未来は自分で切り開くも
じぶん みらい じぶん き ひら

のだよ。

（未來仍應靠自己創造喔！）

□ **山羊座**
や ぎ ざ

魔羯座

□ **血液型**
けつえきがた

血型

□ **厄年**
やくどし

犯太歲

121

□ **十二支**
じゅう に し

十二生肖

□ **子鼠**
ね ねずみ

子鼠

□ **丑牛**
うし うし

丑牛

□ **寅虎**
とら とら

寅虎

□ **卯兔**
う うさぎ

卯兔

□ **辰竜**
たつ たつ

辰龍

□ **巳蛇**
み へび

巳蛇

□ **午馬**
うま うま

午馬

□ **未羊**
ひつじ ひつじ

未羊

□ **申　猿**
<ruby>申<rt>さる</rt></ruby>　<ruby>猿<rt>さる</rt></ruby>
申 猴

□ **酉　鶏**
<ruby>酉<rt>とり</rt></ruby>　<ruby>鶏<rt>とり</rt></ruby>
酉 雞

□ **戌　犬**
<ruby>戌<rt>いぬ</rt></ruby>　<ruby>犬<rt>いぬ</rt></ruby>
戌 狗

□ **亥　猪**
<ruby>亥<rt>い</rt></ruby>　<ruby>猪<rt>いのしし</rt></ruby>
亥 豬

 ★ 占卜 x 風水，
運勢UP UP！ 34

□ **<ruby>占<rt>うらな</rt></ruby>い**
占卜，算命

□ **タロット**
塔羅

□ **<ruby>手相<rt>てそう</rt></ruby>**
手相

□ **おみくじ**
抽籤

TOPIC 1
時尚穿搭

TOPIC 2
妝髮塑身

TOPIC 3
戀愛交友

TOPIC 4
吃喝玩樂

TOPIC 5
熱門話題

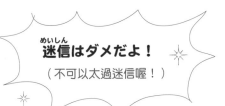
<ruby>迷信<rt>めいしん</rt></ruby>はダメだよ！
（不可以太過迷信喔！）

□ **当たる**
準確，準

□ **運勢**
運勢

□ **金運**
金錢運

□ **恋愛運**
戀愛運

□ **ツイている**
運氣好

□ **ラッキーアイテム**
幸運物

□ **心理テスト**
心理測驗

□ **仕事運**
工作運

職場で活躍できそうだけど、体を壊さないよう気をつけて。

（雖然可能會在職場大顯身手，但要小心別搞壞身體了。）

124

時尚五顆星日語學習，讓你知道
Fashion、Beauty、Play怎麼用日語説 ★

□ **相性**
<ruby>相性<rt>あいしょう</rt></ruby>
契合度，速配程度

□ **的中率**
<ruby>的中率<rt>てきちゅうりつ</rt></ruby>
命中率

<ruby>幸<rt>しあわ</rt></ruby>せ
幸福

<ruby>優柔不断<rt>ゆうじゅうふだん</rt></ruby>
優柔寡斷

□ **ポジティブ**
積極

□ **ネガティブ**
消極

<ruby>幸運<rt>こううん</rt></ruby>
幸運

□ **願い**
<ruby>願<rt>ねが</rt></ruby>い
願望

□ **勘**
<ruby>勘<rt>かん</rt></ruby>
直覺

TOPIC 1
時尚穿搭

TOPIC 2
妝髮塑身

TOPIC 3
戀愛交友

TOPIC 4
吃喝玩樂

TOPIC 5
熱門話題

穿搭、妝髮塑身、戀愛交友、吃喝…網羅五大雜誌主題，讓我們一起享受日語學習的樂趣吧！Have Fun★

□ **不満**
<ruby>不<rt>ふ</rt></ruby><ruby>満<rt>まん</rt></ruby>

不滿

□ **東**
<ruby>東<rt>ひがし</rt></ruby>

東方，東邊

□ **西**
<ruby>西<rt>にし</rt></ruby>

西方，西邊

□ **南**
<ruby>南<rt>みなみ</rt></ruby>

南方，南邊

□ **北**
<ruby>北<rt>きた</rt></ruby>

北方，北邊

□ **おまじない**

咒語

□ **キーワード**

關鍵字

□ **ランキング**

排行榜

□ **風水**
<ruby>風<rt>ふう</rt></ruby><ruby>水<rt>すい</rt></ruby>

風水

□ **方位**
<ruby>方<rt>ほう</rt></ruby><ruby>位<rt>い</rt></ruby>

方位

□ **エネルギー**

能量

□ **環境**
<ruby>環<rt>かん</rt></ruby><ruby>境<rt>きょう</rt></ruby>

環境

□ **引っ越し**
<small>ひ　こ</small>
搬家

□ **湿気**
<small>しっけ</small>
濕氣

□ **ほこり**
灰塵

□ **貧乏**
<small>びんぼう</small>
貧窮

□ **宝くじ**
<small>たから</small>
彩券，樂透

□ **お金持ち**
<small>かね　も</small>
有錢人

□ **空気**
<small>くうき</small>
空氣

□ **ゴミ**
垃圾

□ **照明**
<small>しょうめい</small>
照明

搭、妝髮塑身、戀愛交友、吃喝玩樂、熱門話題…網羅五大雜誌主題，讓我們一起享受日語學習的樂趣吧！Have Fun★

127

□ **花** (はな)
花

□ **明るい** (あか)
明亮的

□ **観葉植物** (かんようしょくぶつ)
觀賞用植物

□ **ピカピカ**
亮晶晶

□ **清潔** (せいけつ)
清潔

□ **鏡** (かがみ)
鏡子

□ **置く** (お)
擺放

□ **アドバイス**
建議

風水に興味があって、家具の (ふうすい) (きょうみ) (かぐ)
配置とかを研究している。 (はいち) (けんきゅう)

（我對風水有興趣，正在研究家具擺
設之類的問題。）

★ 跟著OL過一日
職場生活

□ **社長**
しゃちょう
社長

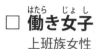 □ **働き女子**
はたら じょし
上班族女性

□ **OL（オーエル）**
粉領族

□ **スタッフ**
員工

□ **上司**
じょう し
上司，主管

□ **部長**
ぶ ちょう
部長

□ **課長**
か ちょう
課長

□ **先輩**
せんぱい
前輩

□ **同僚**
どうりょう
同事

**対人関係ではリーダーシップを発
揮しましょう。**
たいじんかんけい
はっ き

（在人際關係上發揮領導能力吧。）

129

□ 後輩
こうはい
後輩

□ 外回り
そとまわ
外勤，外出

□ 新入社員
しんにゅうしゃいん
新進員工

□ ハッピーに働く
はたら
快樂地工作

□ 連休ボケ
れんきゅう
假期症候群

□ 職場
しょくば
職場

□ 内勤
ないきん
內勤

□ 出勤
しゅっきん
上班，出勤

□ 出張
しゅっちょう
出差

□ 勤める
つと
工作

□ 会議
かいぎ
會議

□ ミーティング
會議

□ プレゼン
報告

□ 説明
せつめい
說明

□ 資料をコピー
し りょう
影印資料

□ 紹介
しょうかい
介紹

□ 出席
しゅっせき
出席

□ 約束
やくそく
約定

□ 予定
よ てい
預訂

□ 企画書
き かくしょ
企劃書

いくら忙しくても、お昼ご飯食べに行
いそが　　　　　　　　　　　ひる　はん た　い
くのも忘れないでね。
わす

（就算再怎麼忙，也別忘了去吃中餐喔。）

□ **相談** （そうだん）
商量

□ **場合** （ばあい）
情形，時候

□ **理由** （りゆう）
理由

□ **機会** （きかい）
機會

□ **経験** （けいけん）
經驗

□ **複雑** （ふくざつ）
複雑

□ **準備** （じゅんび）
準備

□ **頼む** （たの）
請託

□ **意見** （いけん）
意見

会社で認めてもら（かいしゃ　みと）
うには頑張るしかないね。（がんば）
（想要在公司獲得肯定也
只有加油囉。）

☐ **成功**
せいこう
成功

☐ **失敗**
しっぱい
失敗

☐ **ノートパソコン**
筆記型電腦

☐ **イベント準備**
じゅんび
活動準備

☐ **展示会**
てんじかい
展示會

☐ **コピー機**
き
影印機

☐ **ファックス**
傳真

☐ **名刺**
めいし
名片

☐ **インターネットアンケート**
網路問卷調查

☐ **コンピューター**
電腦

☐ **担当**
たんとう
負責

搭、妝髮塑身、戀愛交友、吃喝玩樂、熱門話題…網羅五大雜誌主題，讓我們一起享受日語學習的樂趣吧！Have Fun★

133

□ 遅刻
ちこく
遅到

□ 昇格
しょうかく
升職，晉升

□ 早退
そうたい
早退

□ 転職
てんしょく
換工作

□ 残業
ざんぎょう
加班

□ 資格
しかく
證照資格

□ 休み
やす
休假，假日

□ 就活
しゅうかつ
就職活動，找工作

□ スキル
技能

□ 能力
のうりょく
能力

□ 習い事
なら ごと
學習，才藝

□ 達成感
たっせいかん
成就感

☐ **通勤**（つうきん）
通勤

☐ **頑張る**（がんばる）
加油

☐ **住まい**（す）
居住，居家

★ 尋找生活中的
風尚美學 ♪~ 36

☐ **一人暮らし**（ひとりぐらし）
獨居生活

☐ **片付け**（かたづけ）
整理

☐ **整える**（ととのえる）
整理

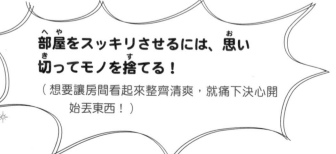

部屋をスッキリさせるには、思い切ってモノを捨てる！（へや／お／き／す）

（想要讓房間看起來整齊清爽，就痛下決心開始丟東西！）

搭、妝髮塑身、戀愛交友、吃喝玩樂、熱門話題…網羅五大雜誌主題，讓我們一起享受日語學習的樂趣吧！Have Fun★

□ **収納**
しゅうのう
収納

□ **リビング**
客廳

□ **インテリア**
装潢，佈置

□ **飾る**
かざ
装飾

□ **キッチン**
廚房

□ **台所**
だいどころ
廚房

□ **ダイニング**
餐廳兼廚房

□ **トイレ**
廁所

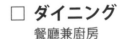

バラを部屋に飾ると恋愛運が
へ や　かざ　　　　れんあいうん
アップするでしょう。
（在房間裡插上玫瑰的話應該
能提升戀愛運。）

□ **玄関**
げんかん
玄關

□ **靴箱**
くつばこ
鞋櫃

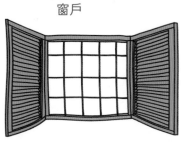

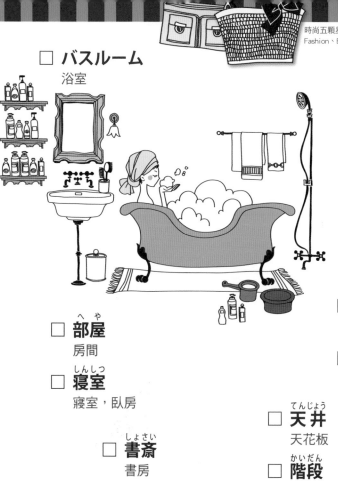

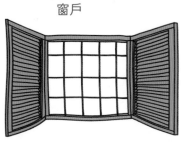

☐ **バスルーム**
浴室

☐ **部屋**〈へや〉
房間

☐ **寝室**〈しんしつ〉
寢室，臥房

☐ **書斎**〈しょさい〉
書房

☐ **ドア**
門

☐ **窓**〈まど〉
窗戶

☐ **壁**〈かべ〉
牆壁

☐ **床**〈ゆか〉
地板

☐ **天井**〈てんじょう〉
天花板

☐ **階段**〈かいだん〉
樓梯

☐ **隅**〈すみ〉
角落

☐ **ロッカー**
置物櫃

☐ **箱**〈はこ〉
箱子

TOPIC 1
時尚穿搭

TOPIC 2
妝髮塑身

TOPIC 3
戀愛交友

TOPIC 4
吃喝玩樂

TOPIC 5
熱門話題

□ **棚**
だな
櫃子

□ **テーブル**
桌子，飯桌

□ **鏡台**
きょうだい
化妝台

□ **クローゼット**
衣櫥

□ **たんす**
衣櫥

□ **本棚**
ほんだな
書櫃

□ **机**
つくえ
桌子

□ **書斎机**
しょさいづくえ
書桌

□ **ベッド**
床

□ **枕** _{まくら}
枕頭

□ **いす**
椅子

□ **家具** _{か ぐ}
家具

□ **鏡** _{かがみ}
鏡子

□ **布団** _{ふ とん}
棉被

□ **座布団** _{ざ ぶ とん}
坐墊

□ **ソファー**
沙發

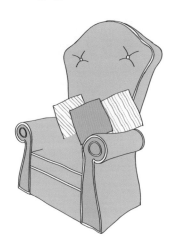

□ **フォトフレーム**
相框

☐ **時計** <small>とけい</small>
時鐘

☐ **カーテン**
窗簾

☐ **目覚まし時計** <small>めざ　どけい</small>
鬧鐘

☐ **ランプ**
燈，桌燈

☐ **花瓶** <small>かびん</small>
花瓶

☐ **電気スタンド** <small>でんき</small>
檯燈

☐ **ほうき**
掃把

☐ **ちりとり**
畚箕

部屋をおしゃれに！ <small>へや</small>
（把房間變得時尚有型！）

□ モップ
拖把

□ 雑巾 (ぞうきん)
抹布

□ 習慣 (しゅうかん)
習慣

 ★ 絕對要知道的小
資女理財術

□ 儲ける (もう)
賺錢

□ 給料 (きゅうりょう)
薪水

□ 貯金 (ちょきん)
存錢

□ 香り (かお)
香味

□ ストレス発散 (はっさん)
紓壓

□ リラックス
放鬆

□ 趣味 (しゅみ)
興趣

年金手帳

社會保險庁

□ 借金 (しゃっきん)
借錢

TOPIC 1
時尚穿搭

TOPIC 2
妝髮塑身

TOPIC 3
戀愛交友

TOPIC 4
吃喝玩樂

TOPIC 5
熱門話題

□ クレジットカード
信用卡

□ 活用 _{かつよう}
活用

□ 節約 _{せつやく}
節約，節省

□ お金 _{かね}
金錢

□ 現金 _{げんきん}
現金

□ 家賃 _{かちん}
房租

□ 生活費 _{せいかつひ}
生活費

□ 手帳 _{てちょう}
行事曆，記事本

□ 支払い _{しはら}
付款

□ 貯蓄 _{ちょちく}
儲蓄

142

□ **記録**（きろく）
記録

□ **銀行**（ぎんこう）
銀行

□ **ローン**
貸款

□ **株式**（かぶしき）
股票

□ **振込み**（ふりこ）
匯款

□ **口座**（こうざ）
帳戶

□ **入金**（にゅうきん）
入帳

□ **家計**（かけい）
家用支出

□ **ショッピング**
購物

□ **支出**（ししゅつ）
支出

□ **割引**（わりびき）
打折

143

□ **予算**
<ruby>予<rt>よ</rt></ruby><ruby>算<rt>さん</rt></ruby>
預算

□ **ロープラ**
低價位

□ **激売れ**
<ruby>激<rt>げき</rt></ruby><ruby>売<rt>う</rt></ruby>れ
熱賣

□ **殺到**
<ruby>殺<rt>さっ</rt></ruby><ruby>到<rt>とう</rt></ruby>
人潮洶湧

□ **どかどか**
人潮湧入貌

□ **激安セール**
<ruby>激<rt>げき</rt></ruby><ruby>安<rt>やす</rt></ruby>セール
特賣活動

□ **大人買い**
<ruby>大<rt>おと</rt></ruby><ruby>人<rt>な</rt></ruby><ruby>買<rt>が</rt></ruby>い
指小時候無法隨心所欲
地買東西，長大有經濟
能力後便大肆購物

□ **ディスカウント**
折扣

□ **セール**
特賣折扣

 偷窺大明星的
萬花筒世界

□ **デパート**
百貨公司

□ **売れっ子**
<ruby>売<rt>う</rt></ruby>れっ<ruby>子<rt>こ</rt></ruby>
當紅藝人

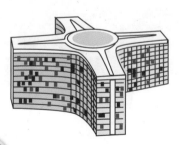

芸能界の華やかな世界へ～
<ruby>芸<rt>げい</rt></ruby><ruby>能<rt>のう</rt></ruby><ruby>界<rt>かい</rt></ruby>の<ruby>華<rt>はな</rt></ruby>やかな<ruby>世<rt>せ</rt></ruby><ruby>界<rt>かい</rt></ruby>へ～
（歡迎來到演藝圈的華麗世界～）

□ **芸能人**
　げいのうじん
演藝人員

□ **読モ**
　どく
讀者模特兒

□ **俳優**
　はいゆう
男演員

□ **女優**
　じょゆう
女演員

□ **タレント**
藝人

□ **お笑い芸人**
　わら　　げいにん
搞笑藝人

□ **モデル**
模特兒

□ **歌手**
　かしゅ
歌手

□ **アイドル**
偶像

☐ **グラビアアイドル**
寫真偶像

☐ **スーパースター**
超級巨星

☐ **若手**
<ruby>若<rt>わか</rt>手<rt>て</rt></ruby>
年輕一輩，新生代

☐ **新人**
しんじん
新人

☐ **子役**
こやく
童星

☐ **声優**
せいゆう
聲優，配音員

☐ **アナウンサー**
主播，播報員

☐ **セレブ**
名流，名媛

☐ **大御所**
おおごしょ
大牌

☐ **写真集**
しゃしんしゅう
寫真集

☐ **ドラマ**
連續劇

□ **映画**
えいが
電影

□ **CM（シーエム）**
電視廣告

□ **バラエティー番組**
ばんぐみ
綜藝節目

□ **番宣（番組宣伝の略）**
ばんせん　ばんぐみせんでん　りゃく
節目宣傳

□ **映画予告編**
えいが　よこくへん
電影預告片

□ **ロケ**
外景

□ **スタジオ**
攝影棚

□ **カンペ**
（カンニングペーパーの略）
りゃく
大字報

□ **脚本**
きょくほん
腳本

147

□ **打ち切り**
（節目，戲劇）腰斬

□ **紅白歌合戦**（こうはくうたがっせん）
紅白歌唱大戰

□ **ギャラ**
通告費

□ **視聴率**（しちょうりつ）
收視率

□ **生放送**（なまほうそう）
現場直播

□ **出演者**（しゅつえんしゃ）
演出人員

□ **出演**（しゅつえん）
演出

□ **演技**（えんぎ）
演技

□ **作品**（さくひん）
作品

□ **初放送**（はつほうそう）
首播

□ **再放送**（さいほうそう）
重播

ビッグになりたい！
（我想成為大人物！）

□ **新作**
しんさく
新作品

□ **降板**
こうばん
換角

□ **台本**
だいほん
劇本

□ **脇役**
わきやく
配角

□ **悪役**
あくやく
反派角色

□ **ナレーション**
旁白

□ **プロデューサー**
製作人

□ **役**
やき
角色

□ **主役**
しゅやく
主角

□ **ヒーロー**
英雄

□ **ヒロイン**
女主角

□ **監督**
かんとく
導演

□ **スタッフ**
工作人員

149

□ **芝居**
しばい
戲劇

□ **ミュージシャン**
音樂人

□ **ホラー**
恐怖片

□ **コメディ**
喜劇

□ **ミュージカル**
音樂劇

□ **アルバム**
專輯

□ **シングル**
單曲

□ **新曲**
しんきょく
新歌

□ **歌**
うた
歌曲，歌

□ **チケット**
票卷

□ **劇場**
げきじょう
劇場

□ **舞台**
ぶたい
舞台

□ **公演**
こうえん
公演

□ **音楽**
おんがく
音樂

☐ **ポップス**
流行樂

☐ **ロックンロール**
搖滾樂

☐ **PV（ピーブイ）**
MV，宣傳短片

☐ **歌詞**
歌詞

☐ **歌声**
歌聲

☐ **ヒップホップ**
嘻哈

☐ **テクノポップ**
電音

☐ **ジャズ**
爵士

☐ **ブルース**
藍調

☐ **コンサート**
演唱會

☐ **クラシック**
古典

音楽なしじゃ生きられない！
（沒有音樂就活不下去！）

151

□ **ファン**
粉絲，歌迷，影迷

□ **振り付け**
舞蹈動作

□ **ダンス**
舞蹈

□ **オーディション**
選拔會，選秀

□ **デビュー**
出道

□ **ソロ**
獨唱，獨自演出

□ **ツアー**
巡迴演出

□ **グループ**
團體

□ **芸能界**
演藝圏

□ **事務所**
經紀公司

□ **追っかけ**
追星族

世界的なアーティストになるのは小さい頃の夢だった。

（成為國際級的藝人是我小時候的夢想。）

□ **マネージャー**
經紀人

□ **スケジュール**
行程

□ **下積^{した づ}み**

□ **<ruby>下積<rt>した づ</rt></ruby>み**
沒沒無名

□ **ブレイク**
爆紅

□ **スタイリスト**
造型師

□ **ものまね**
模仿

□ **インタビュー**
訪談

□ **<ruby>人気<rt>にん き</rt></ruby>**
人氣

□ **<ruby>噂<rt>うわさ</rt></ruby>**
傳聞，謠言

TOPIC 1
時尚穿搭

TOPIC 2
妝髮塑身

TOPIC 3
戀愛交友

TOPIC 4
吃喝玩樂

TOPIC 5
熱門話題

□ **不祥事**
　<ruby>不<rt>ふ</rt></ruby><ruby>祥<rt>しょう</rt></ruby><ruby>事<rt>じ</rt></ruby>
醜聞

□ **撮影**
　<ruby>撮<rt>さつ</rt></ruby><ruby>影<rt>えい</rt></ruby>
攝影

□ **スキャンダル**
醜聞

□ **イケメン**
帥哥

□ **二枚目**
　<ruby>二<rt>に</rt></ruby><ruby>枚<rt>まい</rt></ruby><ruby>目<rt>め</rt></ruby>
帥哥，美男子

□ **スクープ**
獨家

□ **プライベート**
　私人生活

□ **私服**
　<ruby>私<rt>し</rt></ruby><ruby>服<rt>ふく</rt></ruby>
私底下的穿著

□ **マスコミ**
媒體

- Preface -

流行雜誌就像藏寶盒一樣，裡面裝滿了美妝、保養、穿搭、瘦身、髮型、美食、戀愛、健康、運勢、旅遊、生活等資訊，帶給您滿滿的情報、知識和好心情♡ ♡ ♡

不過，女孩們都是貪心的，光只有這樣還不夠！ ٩(> ₃ <)۶
所以本書施了一點魔法，讓日本流行雜誌裡的文字跳出來變成聲音！沒錯！我們把雜誌上的語句變成生活上用得到的會話了～～～
+｡:.˚ヽ(o･ω･)ﾉﾟ.:｡+˚

想用日語介紹自己喜愛的打扮風格嗎？想用日語分享化妝品的使用心得嗎？想用日語表達自己在肌膚保養上的困擾嗎？想用日語談戀愛嗎？想用日語吃喝喝玩樂把日本走透透嗎？那您絕對不能錯過《看雜誌學日語會話！－會話五顆星「時尚生活」學習法》。雜誌裡有的最新、最夯話題，這本書通通都有！不僅有好多活潑的情境對話和實用會話，

針對一些關鍵字還有貼心小説明，甚至還有專欄特別介紹新鮮事物和日本文化呢！讓您學了會話又能吸收額外知識，是不是很超值啊？

My Style~

時尚生活與日語學習的結合，就從現在開始～♪

-Contents-

5顆星

本季封面女郎 " 山田愛美 "

本季封面女郎
"山田愛美"

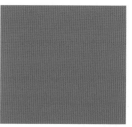

ファッション

最新、最夯話題 / 流行文化 vs. 日語學習

給你滿滿的日語知識＋流行情報＋好心情！

TOPIC 1

時尚穿搭

五月和友美都是對於服裝很有想法的女孩。這天五月看到友美走在前頭，突然發現友美的背影看起來好像怪怪的…

五月：あれ、友美ちゃん、その服後ろ前じゃない？　背中にポケットついてるよ。

咦？友美，妳這件衣服是不是前後穿反啦？口袋在背後喔！

友美：ううん、これ、こういう服なの。先週買ったんだ。

不是啦，這本來就是這樣設計的。這是我上個禮拜買的。

五月：へーっ、ほんとだ。前にもポケットついてるね。おもしろーい。

是喔…真的耶！前面也有口袋呢！真有趣～

友美：うん、あたしおもしろい服が好きだから。

嗯，我喜歡很特別的衣服。

五月：そのスカートもおもしろいね。裾がぎざぎざ。ピーター・パンみたい。どこで見つけてくるのよ？

這件裙子也滿有意思的呢！下襬是鋸齒狀的，好像小飛俠彼得潘一樣。這是妳特別去找的款式嗎？

友美：えー、別に、そこら辺の普通の店だよ。

嗯…也沒有特別找啊，就在那邊一間普通的店家買的。

五月：そういえば、裏返^{うらがえ}しみたいなブラウスも持^もってるよね。縫^ぬい代^{しろ}が外側^{そとがわ}になっててさ。初^{はじ}めて見^みたときはびっくりしたよ。

這麼說來，妳也有一件很像穿反的上衣吧？縫線是在外側的。我第一次看妳穿時還真是嚇了一跳呢！

友美：うん、あれもお店^{みせ}で見^みつけたとき一目^{ひとめ}で気^きに入^いっちゃったんだ。

嗯，那件也是我在店裡一見鐘情的。

五月：友美^{ともみ}ちゃんってほんと独特^{どくとく}のファッションセンス持^もってるよね。

妳還真有獨樹一格的時尚品味呢！

友美：あはは、褒^ほめてくれてるの？　ところで、五月^{さつき}ちゃんのそのシャツも裏返^{うらがえ}しに見^みえるんだけど。

哈哈哈，妳這是在稱讚我嗎？對了，五月妳這件襯衫看起來也像是穿反了喔！

五月：あっ、これねえ。この前^{まえ}のハワイ旅行^{りょこう}で、アラモアナ・ショッピング・センターで買^かったんだ。アロハシャツ。

啊，這個嗎？這是我之前去夏威夷玩，在阿拉莫阿那中心買的夏威夷襯衫。

友美：えっ、それ、アロハシャツ？　にしてはシックじゃない？

咦？這是夏威夷襯衫嗎？不過很時尚耶！

五月：うん、私^{わたし}もアロハシャツってハデハデで、なんかやーさんっぽいイメージ持^もってたんだけど。

嗯，我本來也覺得夏威夷襯衫很花俏，有種黑道的感覺…。

7

友美：もしかして、ヴィンテージもの？

這該不會是骨董上衣吧？

 五月：まさかあ。そんなお金ないよ。

怎麼可能？我才沒有那個錢呢！

 友美：じゃないにしても、古着？

不是骨董上衣的話，難道是二手衣？

 五月：ううん、これ、プリント地をわざと裏返しに使っ
て色味を抑えてることで知られてるブランドなん
だって。

不是的，這個品牌有名就在於它會故意把印花的那面翻過
來使用，讓花色不會這麼顯眼。

 友美：へーっ、これならリゾートとかじゃなくっても、
タウン使いできそうだね。

這樣啊？這樣一來不只是在渡假勝地，連平常逛街也可以
穿出去呢！

 五月：うん、そうでしょ？　そう思って買ってきたの。

對呀，妳也這麼覺得吧？我就是這樣想，才把它買回來
的。

 友美：ふうん、いいなあ、私もそんなの欲しいなあ。

嗯…真好，我也想要一件呢！

時尚穿搭

化身？？女孩——
時尚風格大集合

大きな声で

實用會話
先試著說說看 ☆

ストリート
街頭風

アメカジ
美式休閒

パンク
龐克

ギャル系
辣妹風

01

今季_{こんき}のトレンドは甘辛_{あまから}MIX
です。

02

このごろは森_{もり}ガールファッ
ションが気_きになる。

03

ちょっとPOPな感_{かん}じのチェッ
ク柄_{がら}が似合_{にあ}ってる。

04

パリジェンヌってほんとに
全員_{ぜんいん}センスがいいの？

05

スパンコールの部分使_{ぶぶんづか}いで
流行_{りゅうこう}を意識_{いしき}してみました。

プチ説明

其實是這樣的喔！

01 今季のトレンドは甘辛 MIX です。

這一季流行甜美個性混搭風。

02 このごろは森ガールファッションが気になる。

最近對森林系女孩的打扮有點興趣。

「森ガール」的穿衣風格是自然、柔軟、簡約、淡色系、民族風。最常見的打扮是寬鬆復古花樣洋裝＋褲襪＋平底鞋。

03 ちょっと POP な感じのチェック柄が似合ってる。

帶有一點流行感的格紋很適合你。

04 パリジェンヌってほんとに全員センスがいいの？

每一位巴黎女性的品味真的都很好嗎？

「パリジェンヌ」指的是住在巴黎的女性，她們給人一種時尚簡約感，服裝很能穿出自己的味道。但這充其量只是一種日本女孩妄想中的產物，並非所有巴黎女性都是這樣的。

05 スパンコールの部分使いで流行を意識してみました。

透過局部使用亮片來擁有一下流行意識。

大きな声で

お姉系
ねえけい
大姐姐風格

**ハイファッ
ション**
高級時尚

ロック系
けい
搖滾風格

フォーマル
正装

01

海外セレブ風に大変身！
かいがい　　　　ふう　　だいへんしん

02

民族衣装のようなあたたかみの
みんぞく いしょう
あるモチーフが素敵です。
すてき

03

「カワイイ」より「キレイ」
が似合うイイ女になる！
にあ　　　　おんな

04

モード系でキメる。
けい

05

素朴なフォークロア調デザイ
そぼく　　　　　　　ちょう
ンが気に入ってます。
き　い

プチ説明

「01 海外セレブ風に大変身！
　　搖身一變成為國外名媛風！

「02 民族衣装のようなあたたかみのあるモチーフが素
　　敵です。
　　民族服飾般的溫暖花紋很吸引人。

　　「モチーフ」一般是當「動機」或「主題」的意思
　　使用。不過在時尚世界裡，它指的是花紋圖樣或設
　　計。

「03 「カワイイ」より「キレイ」が似合ういい女
　　になる！
　　比起「可愛」，我比較想當個適合走「漂亮」路線
　　的女孩！

「04 モード系でキメる。
　　用高級時裝風格來完成穿搭。

　　「キメる」原本寫成「決める」（決定）。在這邊
　　有「帥氣地穿上適合的服裝」的意思。

「05 素朴なフォークロア調デザインが気に入ってます。
　　我很喜歡這種樸素的民族風。

大きな声で

實用會話
試著說說看

01

自分らしいファッションって？

符合自我風格的時尚是什麼？

02

セーラーカラーのマリンルックで夏気分
も最高潮！

水手色系的海軍風讓夏天心情也到達最高潮！

「マリンルック」基本上會運用藍、白兩色，再搭配橫
條紋、水手領，有時會有船舵、船錨等圖案。

03

清潔感のあるマリンルックに挑戦したい。

我想挑戰看看清爽乾淨的海軍風。

04

「モノトーン」是雜誌裡
很常出現的一個單字，指
的是黑、白、灰這些沒有
彩度的單一色調。

モノトーンでまとめた高好感度のスタイル
です。

這是用黑白色系來營造出整體感的受歡迎風格。

05

おしゃれでファッションには手を抜か
ない友達が多い。

我有很多朋友很趕流行，對時尚非常講究。

ファッション

01

ちょっぴり甘い、上品スタイルを目指してる。

目標是帶有一點甜美感的氣質裝扮。

02

自分らしさを主張しよう。

來主張自己的風格吧！

「自分らしさ」意思是「自己的風格」。其他雜誌常見的「らしさ」還有「可愛いらしさ」（可愛的感覺）、「女らしさ」（女人味）。

03

トレンドとレトロが MIX されたスタイルに憧れちゃう♡

我很嚮往混搭當季潮流及復古的風格♡

04

20 歳になったから、甘過ぎるパステルカラーは卒業！

過了 20 歲，就該揮別太過甜美的粉色系！

雜誌很常見到「卒業」這個用法，在這裡指的不是真的從學校畢業喔！是「告別」、「捨棄」的意思。

05

今年のはやりはどんなファッション？

今年流行什麼樣的服飾呢？

01

今年のベストドレッサーは誰だと思う？

你認為今年誰最會穿衣服呢？

02

ロリータなスタイルは苦手です。

我對蘿莉塔風格有點感冒。

「ロリータ」的穿著風格很夢幻，走的是甜美公主風，會有頭飾、蕾絲、荷葉邊、紗裙、蝴蝶結、玫瑰、皇冠、長襪、圓頭跟鞋等元素，色彩偏白色、黑色、粉紅色。

03

カワイイだけのスタイルは卒業しなくちゃ。

必須從「就只有可愛」的風格畢業了。

日本人穿著講求場合，「きちんとファッション」經常出現在職場穿搭單元，上班果真還是要注重整齊啊～

04

きちんとファッションで気分を引き締める。

穿上得體的服飾讓心情變得穩重。

05

好きなファッションはボヘミアンって人も多いはず。

應該會有不少人喜歡波希米亞風的服飾。

大きな声で

★

01

オフィスでは、制服(せいふく)はないですけ
ど派手(はで)な服装(ふくそう)はＮＧ。

在辦公室雖然不用穿制服，但是太過華
麗的打扮是ＮＧ的。

02

ちょこっとゆるいカジュアルが私(わたし)の定番(ていばん)です。

我最常穿略帶休閒感的服裝。

「定番」這個單字也是雜誌的常客。有「必備品」、「愛
用品」、「這是一定要的啦」等感覺。

03

基本(きほん)モード系(けい)が好(す)きなのでモノトーンのス
タイルが多(おお)い。

基本上我喜歡高級時裝的感覺，所以我常做黑白
色系的打扮。

04

「ゴスロリ」是「ゴシッ
ク・アンド・ロリータ」
的簡稱，結合「歌德次文
化」及「蘿莉塔」，打扮
以暗色系為主，走耽美、
暗黑、華麗路線。

ゴスロリ着(き)てみたいけど、うちのほう田舎(いなか)だか
ら……。

雖然想嘗試打扮成哥德蘿莉風，但是我住在鄉下……。

05

大人(おとな)っぽさの中(なか)にも愛(あい)らしさのあるファッ
ションが好(す)き。

我喜歡成熟之中又惹人憐愛的穿搭。

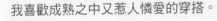

時尚穿搭

你不能不知道的
達人穿搭技巧

大きな声で

實用會話
先試著說說看

★

合わせる（あ）
搭配

01
ハイウエストのガードルで
体型（たいけい）をカバーする。

02
柄（がら）ON柄（がら）で、自分（じぶん）らしくア
レンジした。

着回し（き・まわ）
穿搭

03
ミニスカもレギンスを合（あ）わせれ
ば気負（きお）いなく着（き）られる。

水玉（みずたま）
圓點

04
着（き）やせして見（み）える裏（うら）ワザ教（おし）
えます。

05
その日（ひ）の気分（きぶん）で着（き）たい色（いろ）をセ
レクト。

細見え（ほそ・み）
顯瘦

プチ説明

「01 ハイウエストのガードルで体型をカバーする。

用高腰束褲來遮掩體型缺點。

「02 柄ON柄で、自分らしくアレンジした。

用花紋搭配花紋的組合，打造出屬於自己的風格。

「柄ON柄」在雜誌裡也常寫成「柄×柄」，表示
「花紋再配上其他花紋」。

「03 ミニスカもレギンスを合わせれば気負いなく
着られる。

在迷你裙裡面穿上內搭褲就能安心，不怕曝光。

「04 着やせして見える裏ワザ教えます。

教你顯瘦的穿搭秘技。

「着やせ」（顯瘦）⇔「着太り」（顯胖）。「裏
ワザ」原本是「裏技」（秘技）。「教えます」前
面省略「を」，省略助詞是常見的口語用法。

「05 その日の気分で着たい色をセレクト。

依照當天的心情選擇想穿著的顏色。

大きな声で

實用會話
先試著說說看

テクニック
技巧

01

<ruby>全体的<rt>ぜんたいてき</rt></ruby>にこなれた<ruby>感<rt>かん</rt></ruby>のある<ruby>引<rt>ひ</rt></ruby>き<ruby>算<rt>ざん</rt></ruby>コーデがステキです。

02

<ruby>背<rt>せ</rt></ruby>が<ruby>低<rt>ひく</rt></ruby>いからすらっと<ruby>見<rt>み</rt></ruby>えるようＩラインを<ruby>意識<rt>いしき</rt></ruby>してる。

バランス
平衡

03

おしゃれにお<ruby>金<rt>かね</rt></ruby>をかけないのがモットーです。

ヒップライン
臀部線條

04

マーメイドラインでボディのメリハリを<ruby>強調<rt>きょうちょう</rt></ruby>した。

05

<ruby>自分<rt>じぶん</rt></ruby>に<ruby>似合<rt>にあ</rt></ruby>う<ruby>色<rt>いろ</rt></ruby>はこれって<ruby>決<rt>き</rt></ruby>めつけないようにしてます。

<ruby>黄金<rt>おうごん</rt></ruby>ルール
黃金守則

プチ説明

「01 全体的にこなれた感のある引き算コーデがステキです。

整體給人感覺舒服自在的減法穿搭很不錯。

「02 背が低いからすらっと見えるようＩラインを意識してる。

我個子很矮，所以我穿衣服會注意要讓身體看起來像個Ｉ字一般修長。

「Ｉライン」在時尚用語是指整體看起來纖長、苗條的線條，就像英文字母"Ｉ"一樣。

「03 おしゃれにお金をかけないのがモットーです。

在穿著方面盡量不花錢，就是我的時尚方針。

「04 マーメイドラインでボディのメリハリを強調した。

用美人魚裙襬來強調身體凹凸有致的曲線。

「メリハリ」用在身材是形容身體曲線的起伏。用在服裝通常是指顏色有深有淺、材質有硬有軟或是線條有緊有鬆。

「05 自分に似合う色はこれって決めつけないようにしてます。

我不會固執地認為只有某種顏色才適合自己。

大きな声で

實用會話
試著說說看 ★

01

お出かけは可愛くてカジュアル
なコーディネートで♪

出門時採用可愛休閒的打扮♪

02

着たいアイテムを一つ決めてそれに合うコーデを
考える。

先決定一件想穿的單品，再從它延伸出整體的搭配穿著。

「コーデ」是「コーディネート」的簡稱。雜誌常有外
來語的簡稱，簡稱的寫法如何就由日本人自行決定。

03

人とかぶらないコーデをいつも考えて
ます。

我經常在思考該怎麼穿才不會和別人撞衫。

04

「シルエット」原本是指
剪影。在時尚用語方面，
指的是身形、體型或是服
裝穿起來的輪廓。

Ｉラインワンピでほっそりシルエットを実
現した。

Ｉ字線條的洋裝能打造出苗條的身形。

05

ストールは巻き方次第で全然違う雰囲気を楽しめ
る。

透過不同的圍巾打法，就能營造出完全不一樣的感覺。

01

服はシンプルにして、小物でトレンドを
入れたい。

挑選簡單式樣的服裝，用配件來增添潮流感。

02

着たい色の服を着るとテンションも
上がってくる。

穿上想穿的顏色，心情也會跟著嗨起來。

「テンションが上がる」是口語用法，比較正式的講法是「気分が高
揚する」（神采煥發）。有時在雜誌裡會寫成「テンションアゲアゲ
↑↑↑」。

03

全身黒でコーディネートしましょ♥

用一身的黑來做出造型吧♥

04

服はコンサバだけど、アクセで遊ぶ。

服裝雖然是基本款，但可以用飾品來增加
一點樂趣。

「コンサバ」是「コンサバティブ」的簡稱。所謂的
「コンサバファッション」沒有明確定義，但多半是
指比較成熟、女性化、大姐姐路線的基本風格。

05

ワンピースＯＮジャケットのコーディ
ネートが好きです。

我喜歡洋裝搭配夾克的打扮。

01

同系色のコーデですっきりまとめてます。

運用同色系做出俐落的穿搭造型。

02

金曜日の女子会は、おしゃれなイメージの黒で。

禮拜五的女生聚會，就用讓人感覺時髦的黑色來穿搭吧。

「女子会」（一群女生一起吃飯、聊天、喝酒或旅行的聚會）一詞在 2010 年拿下新語・流行語大賞。成員多半是上班族女性。

03

どんな服も自分流に着こなすのが私のスタイル。

不管是什麼樣的衣服我都能用自創的方式穿出自己的風格。

04

「TPO」是和製英語，T＝Time，P＝Place，O＝Occasion。表示言行或打扮要依照時間、地點、場合的不同來做出最適合的應對。

TPOに合わせてコーディネートする。

依照不同時間、地點、場合決定服裝造型。

05

苦しくないのに、しっかり細く見える！

穿起來一點也不憋卻很能顯瘦！

大きな声で

實用會話
試著說說看 ⭐

01

グレーで統一（とういつ）したキレイめコーデが素敵（すてき）。

用灰色來營造出整體感的簡潔穿搭很棒。

02

流行（りゅうこう）のジェラートカラーを取（と）り入（い）れる。

加入流行的冰沙色系。

「ジェラートカラー」又名「シャーベットカラー」，
指的是粉嫩又帶有透明感的淡色系。

03

トンガリ過（す）ぎないコーデに変（か）わった。

換成不會太過奇裝異服的打扮。

04

「カッコよくて」原本寫成「かっこうよくて」。「シック」在這邊不是英語的"sick"（生病），而是法語的"chic"（洗練、時髦）。

このパンツ、カッコよくてしかもシックでしょ？

這件褲子不只帥氣，還很別緻吧？

05

秋（あき）はワインレッドが着（き）たくなるね。

到了秋天就想穿上酒紅色呢。

24

01

ＴＰＯをわきまえるのはやっぱり最優先事項。

首要重點還是在於先分清楚時間、地點、場合。

02

背が低いので、スタイルがよく見えるＸラインで。

我個子不高，所以要穿出 X 曲線，身材看起來才會很好。

> 「Ｘライン」指的是肩線、裙襬較寬，在腰部利用束腰等方式營造出細腰，讓身形看起來就像英文字母「Ｘ」。

03

夏はもっとカラフルな色を取り入れたい気分。

夏天就會讓人想選用比較鮮艷的顏色。

04

ズボンの足元のヌケ感で、全体にすっきり感を出す。

長褲褲腳隨性的感覺，可以帶出整體的俐落。

> 「ヌケ感」原本寫成「抜け感」，主要用在時尚界，表示不會給人太過完美、太過刻意的自然感覺。在這邊是指適當地裸露。

05

Ｘラインのファッションで気分も自然と女らしくなるよ。

穿出 X 曲線，自然就能由內而外散發出女人味喔！

01

ゴテゴテし過ぎないように気をつけています。

我會注意不要讓穿搭變得太過繁複。

02

コーデを決める決め手は色の組み合わせです。

決定穿著的關鍵就在顏色的搭配上。

「色の組み合わせ」也可以説成「配色」、「カラーコーディネート」。

03

上にポイントを持ってくると、コーデにメリハリが出る。

把重點放在上半身的話，就能穿出凹凸有致的線條。

04

「きちんと感」原本應該是「きちんとした感じ」。雜誌裡常有「～感」這種造語，都不是很正式的講法。

タックインスタイルできちんと感を出す。

把上衣紮進去，就能有種清爽整潔的感覺。

05

理想は決め過ぎないシンプルな Style。

最理想的是不刻意打扮的簡約造型。

01

脚のラインがきれいに見える黒のパンツ
は何かと使えるよね。

能讓腿形顯得修長美麗的黑色長褲很實用吧？

02

ゴシックなアイテム大好きでも場の空
気も大事だよね。

再怎麼喜愛哥德風的單品，也得看場合穿喔。

哥德風格的服裝通常都是黑色或白色，且偏緊身，會
戴上銀飾等。妝容是死白的肌膚配上黑成一片的眼妝，
讓人聯想到吸血鬼或屍體。

03

ペプラム使いが女らしくて体型もカバーできる。

腰部的打摺設計不僅很有女人味，也能掩飾身形的缺點。

04

「ワンランク上」和「ワ
ンランクアップ」意思都
是比原本的等級再高一
級。只是前者表示狀態，
後者表示動作。

カジュアルなデニムシャツをワンランク
上に着こなしたい。

想把休閒的牛仔襯衫穿出更高層次的感覺。

05

オフホワイトの綿ローンブラウス
は着回しやすい。

米白的棉薄上衣很好搭配。

06

時尚穿搭

衣櫥裡面一定要有這
一件！

大きな声で

實用會話
先試著說說看 ★

ベスト
背心

01

この冬はマニッシュなモッズ
コートにトライしたい。

02

チラ見えするペチコートのレー
スがおしゃれです。

トレンカ
踩腳褲

03

こんな花柄のロマンチックなス
カートは照れくさい。

カーディガン
開襟外套

04

小物でアレンジしやすいシャツ
ワンピが手放せない。

05

フルレングスのボトムがトレ
ンドです。

キュロット
褲裙

プチ説明

01 この冬はマニッシュなモッズコートにトライしたい。

今年冬天想穿穿看中性風的軍裝外套。

02 チラ見えするペチコートのレースがおしゃれです。

襯裙若隱若現的蕾絲花邊很時尚。

「チラ見え」原本應該是「ちらっと見える」，不
僅有「若隱若現」的意思，還可以用在「走光」上。
---

03 こんな花柄のロマンチックなスカートは照れ
くさい。

這種浪漫風的花裙穿起來很令人害臊。

04 小物でアレンジしやすいシャツワンピが手放せない。

運用配件就能輕鬆搭配的襯衫型洋裝讓人愛不釋手。

「シャツワンピ」是「シャツワンピース」的簡稱，
指有衣領、排扣，像長版襯衫一樣的洋裝。
---

05 フルレングスのボトムがトレンドです。

全長包腳的褲裝很流行。

衣櫥裡面一定要有這一件！

大きな声で
實用會話
先試著說說看

Tシャツ
T恤

ブラ
胸罩、內衣

チェック柄
格紋

シフォン
雪紡

01
ヒョウ柄の服とヘアスタイルが合ってます。

02
紺ブレは、かわいくもカッコよくも着られるので優秀。

03
このパーカはゼブラ柄のインパクトが強すぎ！

04
ミリタリーアウターがすごい好きです。

05
ボリューム感のあるダウンコートが意外に低価格です。

プチ説明

「01 ヒョウ柄の服とヘアスタイルが合ってます。

豹紋裝和髮型很搭。

「02 紺ブレは、かわいくもカッコよくも着られるので優秀。

深藍色西裝外套不僅能穿出可愛，也能穿出率性，是很優秀的
單品。

「紺ブレ」是「紺色のブレザー」的簡稱。

「03 このパーカはゼブラ柄のインパクトが強す
ぎ！

這件連帽外套的斑馬紋給人太強烈的印象了！

「04 ミリタリーアウターがすごい好きです。

我很喜歡軍裝外套。

「すごい」在這邊原本應該是「すごく」才對，但
現在有很多人會用「すごい」取代「すごく」，是
一種口語用法。

「05 ボリューム感のあるダウンコートが意外に低価格
です。

蓬鬆而用料實在的羽絨外套居然這麼便宜。

大きな声で

07

實用會話
試著說說看 ☆

01

こういう服だったら、買いたいかも。

如果是這種衣服的話，或許我會想買。

02

こんな乙女ちっくなワンピ、恥ずかしくて着られないよ！

這種少女風的連身洋裝實在是太令人害羞了，我不敢穿啦！

> 「乙女ちっく」原本應該寫成「乙女チック」。「チック」是 "dramatic"、"romantic" 的 "-tic"，當接尾詞使用，意思是「有…的傾向」。

03

こんな上品で可愛いスーツなら、職場での好感度も UP。

如果是這種氣質路線的可愛套裝，在職場也能提升好感度。

04

> 「フリフリ」是從「フリル」衍生的擬態語。「買っちゃいました」是「買ってしまいました」的口語說法。

フリフリのロマンチックなブラウス買っちゃいました。

我買了輕飄飄的浪漫風上衣。

05

清楚なスーツで新人OLらしいキュートさをアピール。

穿上清純的套裝來強調菜鳥粉領族特有的可愛。

01

カラフルな柄物を着るとハッピーな気分に。

穿上鮮艷的花紋,就能變得很快樂。

02

春空の下、パステルカラーのコートで足どりも軽くなる。

沐浴在春光中,粉彩外套能讓腳步變得輕盈。

「パステルカラー」指的是彩度較低,明亮度較高的淡色系,像是在基本色中摻入白色一樣,給人柔軟的感覺。

03

グラデーションが美しいミニワンピを軽やかに着こなす。

隨興搭配有美麗漸層的短版洋裝。

04

落ち着いた花柄ワンピは、春中はおり物を替えて着倒す。

穩重的碎花洋裝,換件外套就能在春天大穿特穿。

「着倒す」=「着る」(穿)+接尾語「倒す」(徹底…)。
這是字典上查不到的俗語用法,表示一穿再穿,穿到不能穿為止。

05

ティアードスカートにGジャンをプラスして今年っぽく。

蛋糕裙再加上牛仔外套就很符合今年的流行。

33

スポーツMIXを取り入れたければパーカが便利。

如果想混搭運動風，連帽外套是很方便的單品。

フェミニンなギャザースカートは男の子ウケ抜群。

柔美的百褶裙很受到男孩們的青睞。

「ウケ」本來寫成「受け」，接在一個族群的後面，表示受到這個族群的青睞、歡迎。其他常見的還有「女子ウケ」（受到女生的歡迎）。

サーモンピンクなら花柄も気負いなく着られるよ～。

如果選擇鮭魚嫩粉就能大膽地穿上碎花喔～！

「ワンピ」是「ワンピース」的簡稱。雜誌中常用到英文，像是"BIG"，在這邊可以用「大きい」或「大きな」代替。

このワンピのポイントは胸元のBIGリボンです。

這件洋裝的重點就在胸口的大蝴蝶結。

ハンサムなダブルボタンのダッフルコートを買ったよ。

我買了件很帥氣的雙排扣牛角扣外套喔！

大きな声で

實用會話
試著說說看

01

ピュアな白ブラウスは何枚でも買いたい。

帶有純潔感的白上衣哪怕再多件都想買。

02

ふんわりしてかわいいバルーンスカートでバカンスなう。

穿著輕盈可愛的燈籠裙享受度假中。

「なう」是從社群網站『Twitter』（推特）發跡的字眼。接在句尾，發音同英文的 "now"，表示「正在」、「此時此刻」。

03

スプリングコートは春の必須アイテム！

春裝外套是春季的必備單品！

04

「主役」原本是指戲劇、事件中的主角，在這邊衍生出「重點」、「焦點」的用法。

韓国で買ったスカートを主役に茶系でまとめました。

我把在韓國買的裙子當成吸睛重點，以棕色系完成穿搭。

05

ちょいスポーツMIXなパーカでほんの少し軽やかに。

混有一點運動風的連帽外套能夠有輕盈休閒感。

01

リゾートには夏らしい大胆な柄のカプリパンツで。

在渡假勝地就穿上充滿夏季風情大膽花色的直筒七分褲。

02

テーラードジャケットでお仕事モードに切り替える。

用西裝外套來切換到工作模式。

雑誌中常看到「〇〇モード」這種用法。表示人身處某種情境、環境、狀態下。像是「休日モード」（休假模式）等等。

03

大人でも着られるような花柄ワンピ見つけた！

找到了成年人也能穿的碎花洋裝！

04

マキシ丈にボレロを合わせてスタイルアップを狙う。

連身長版洋裝配上短版開襟外套，希望讓身材看起來更好。

「スタイルアップ」是和製英語。「アップ」在日語當中的造語能力很強，接在名詞後面，有「提升」、「改善」等意思。

05

サーキュラースカートはふんわりボリュームがある。

傘裙輕飄飄的、蓬蓬的。

01

フレアースカートはくるっと回ると ふわっと広がる。

穿上喇叭裙轉個一圈，裙襬就會輕盈地展開。

02

活動的だけど女らしいサブリナパンツで「麗し」く！

方便活動但很有女人味的卡普里褲讓妳就像《龍鳳配》中的奧黛麗赫本一樣美麗！

這句用了雙關語。奧黛麗赫本在「麗しのサブリナ」（龍鳳配）這部電影中飾演女主角「サブリナ」，她有穿上這樣的褲款，所以才叫「サブリナパンツ」。而「麗しく」有「漂亮」的意思。

03

ハイウエストスカートで脚長効果を狙う。

穿上高腰裙，塑造長腿效果。

04

「マキシワンピ」是「マキシ丈ワンピース」的簡稱。

マキシワンピを軽やかに見せたい！

想要讓連身長版洋裝看起來不那麼沉重！

05

ワイドパンツは風を通すから着心地がいい。

寬管褲十分通風，穿起來很舒適。

大きな声で

01

優しい色のピンタックブラウスはフェミニンな印象。

色彩溫和的壓摺襯衫能帶來女人味的印象。

02

きちんと感のあるプリーツスカートはホント便利。

高格調的百褶裙真的很百搭。

> 「ホント」原本應該寫成「ほんとう」，這是口語說法。句尾省略了「だ／です」。

03

ラベンダー色はついつい買っちゃう大好きな色です。

薰衣草紫是我會忍不住一買再買的喜愛顏色。

> 「満喫」後面省略了「する」。「♪」很常出現在雜誌裡，可以表現出開心到想高歌一曲的心情。「女の子」是名詞，但這邊接「な」，把「女の子」當成形容動詞，不是正統用法。

04

春はかわいいフリルで女の子な気分をしっかり満喫♪

春天就該用可愛的荷葉邊盡情沉浸在女孩氣氛裡♪

05

光沢のあるサテン使いがシックでカワイイ。

使用有光澤感的緞綢不但有氣質又可愛。

ファッション★

01

キチンとして見えるアンサンブルは
やっぱり欲しい。

還是想要看起來穩重的搭配方式。

02

この冬はクラシカルなコクーンス
カートがマスト！

今年冬天一定要有一件古典花苞裙！

「マスト」是從英文的 "must" 而來的，比較正式的說法應該是
「必需品」。句尾省略了「だ／です」。

03

この春は幾何学模様のボトムスが人気らしい。

今年春天幾何圖樣的下半身單品似乎很受歡迎。

04

藍染めのアイテムなら気軽に和風が楽
しめるっ！

藍染單品就能輕鬆地享受和風！

「楽しめるっ」最後的促音表示講話速度很快、有氣
勢，語調很輕鬆。「！」在這邊可以帶出一種興奮的
感覺。

05

華やかなパッチワークスカートが今日の
コーデの主役。

華麗的拼布裙是今天裝扮的主角。

39

大きな声で

O8

時尚穿搭

我的穿搭煩惱解決攻略

實用會話
先試著說說看

★

ワンパターン
一成不變

01

オフィスでもトレンドアイテム
を取_とり入_いれたい。

02

実_{じっ}は似合_{にあ}う色_{いろ}を「キャラに合_あわ
ない」って敬遠_{けいえん}してない？

つまらない
無趣的

03

シンプルなファッションを着_きこなす人_{ひと}
にあこがれる。私_{わたし}がやるとただの「無_む
頓着_{とんちゃく}」になりそうで怖_{こわ}い。

04

ボトムに何_{なに}を持_もってきたらいい
のか分_わからない。

小柄_{こがら}
嬌小

05

背_せが低_{ひく}いのが気_きになって、お
しゃれを楽_{たの}しめない。

子供_{こども}っぽい
幼稚的

プチ説明

其實是這樣的喔！

「01 オフィスでもトレンドアイテムを取り入れたい。

即使是在辦公室，也想要把潮流單品放在身上。

「02 実は似合う色を「キャラに合わない」って敬遠して
ない？

那些其實適合你的顏色，你是否誤以為「不符合我的形
象」，結果不敢去碰？

「キャラ」的意思是「個性」、「形象」，指的是在人
際關係當中所扮演的角色。像是「バカキャラ」是頭腦
不靈光的人，「いじられキャラ」是常被大家虧的人。

「03 シンプルなファッションを着こなす人にあこがれる。
私がやるとただの「無頓着」になりそうで怖い。

我好羨慕那些能穿出簡約時尚風的人。我真怕自己若想模仿
這種風格，恐怕只會落得「不會打扮」的下場。

「04 ボトムに何を持ってきたらいいのか分からない。

不知道下半身該穿什麼才好。

「ボトム」也叫做「ボトムス」，指的是裙、褲等下半
身衣著。相對語是「トップス」（上半身衣物）。值得
注意的是，「トップス」不能簡稱為「トップ」喔！

「05 背が低いのが気になって、おしゃれを楽しめない。

我很在意自己太矮的身高，所以無法享受打扮的樂趣。

大きな声で

悩み
煩惱

台無し
可惜、浪費

保守的
保守

ダサい
很土的、很俗的

01

シャツ×デニムという組み合わせに偏りがち。

02

私が着るとおミズっぽくなりそうで敬遠しちゃいます。

03

いろんな色を着てみたいです。

04

かわいいけど、年を考えるとイタくなりそう。

05

ゆるさとトレンド感のある着こなしを目指したいんです。

プチ説明

01 シャツ×デニムという組み合わせに偏りがち。

千篇一律都是襯衫 × 丹寧這種組合。

02 私が着るとおミズっぽくなりそうで敬遠しちゃいます。

我穿的話看起來就像酒店小姐，所以我不敢碰。

「おミズ」是從「水商売」（風俗業）這個詞過來的戲稱，特別指在酒店陪酒的小姐。這行業的女性通常給人一種艷麗、花俏、過度性感的感覺。

03 いろんな色を着てみたいです。

各種顏色我都想穿穿看。

04 かわいいけど、年を考えるとイタくなりそう。

雖然很可愛，但一想到年齡就覺得慘不忍睹。

年輕人用語「イタイ」（痛い）指的是看到別人或自己不是很適當的言行，進而感到丟臉、不好意思、不像話、不愉快、不舒服、悲哀、可憐等心情。

05 ゆるさとトレンド感のある着こなしを目指したいんです。

我的目標是寬鬆並充滿流行感的穿搭。

大きな声で

01

少しずつ新しいファッションにも挑戦していきたい。

想要逐步挑戰最新流行的穿著。

02

衝動買いしたけど、着心地が悪くて、一度も着てない。

這是我一時衝動買下的，穿起來很不舒服，所以我一次也沒穿。

「衝動買い」指的是衝動性購物，也就是在購買前缺乏理智，沒有計畫也沒有想太多，只憑當場「想要」的欲望就把東西給買下來了。

03

可愛さをキープしつつ仕事にもＯＫなコーデが知りたい。

我想知道能保持可愛的感覺又能穿去上班的裝扮是什麼。

「モード」是「モード系」的簡稱。除了名牌高級時裝，也指黑白簡約的風格，或是多層次穿搭、注重曲線的衣著，泛用於時尚界。

04

モードっぽいコーデにトライしたい。

我想嘗試高級時裝路線的裝扮。

05

子供っぽくならないようピンクを着たい。

我想穿不會顯得孩子氣的粉紅色。

01

ハンサムなジャケットを極めたい。

想要徹底活用帥氣的夾克。

02

周りから浮きたくないけど「私らしさ」も演出したい。

不想和周遭顯得格格不入，卻同時想要展現「自己的風格」。

「浮く」在這邊不是「浮起來」的意思，而是指不協調的感覺，無法融入群體，和周遭顯得格格不入。你平時的穿搭有「浮いている」嗎？

03

ファッションは自己表現だから私らしさを出したい。

時尚就是要展現自我，所以我想展現出最像自己的那一面。

04

イヤらしくない、セクシーさを出したい。

我想展現出不下流的性感。

「イヤらしい」的表記原本是「いやらしい」，意思是「低級的」、「下流的」、「猥褻的」、「情色的」，語感頗負面。雜誌中經常有刻意寫成片假名的字句，目的是突顯，或是帶出輕鬆的語調等。

05

いつもとはひと味違うおしゃれをしたい！

我想打扮得跟平常不一樣！

01

自分らしいファッションをしたいけど、浮くのもイヤ。

雖然想做些符合自己個性的穿著，但也不想標新立異。

02

ヒョウ柄で固めてたら、友達に"肉食女子"と言われた。

穿上一身豹紋後，被朋友叫做「肉食女子」了。

「肉食（系）女子」是「草食（系）男子」的相對概念（關於草食男請見 P.116 專欄介紹）。指的是積極追求戀情和性愛的女性。這個詞語可謂是傳統女性自我解放的一個新指標。

03

友達から浮いた失敗コーデって？

和朋友顯得格格不入的失敗穿著是？

04

「ジャージ」原本是指（有彈性的）平針織物，在日本這種布料織法特別會用在製作運動休閒服上，所以「ジャージ」就成了這類衣物的代稱了。

ラフな服が好きな私に、上司が「ジャージ着てくるな！」

我喜歡休閒的服裝，結果上司對我說「不要穿運動服來」！

05

ゆるワンピで出勤し、浮いてしまいました。

穿寬鬆的連身洋裝去上班，結果顯得很突兀。

大きな声で

実用會話
試著說說看 ★

01

ゆるワンピを着ていたら、妊婦さんみたいって言われた。

穿了寬鬆的連身洋裝，結果被說很像孕婦。

02

自分はO脚だから、モデルのようには着こなせない。

我是O型腿，無法穿出模特兒那樣的感覺。

據說有8～9成的日本人都有「O脚」（O型腿）的困擾。有人說這跟日本的「正座」（跪坐）文化有關，也有人認為這是基因問題。

03

足がほっそり長く見える秋ボトムは？

有沒有什麼秋季褲裝或裙裝穿起來可以讓腿顯得細長？

04

「原色」指的是無法透過混色而得到的顏色，一般多指黃、藍、紅三色。不過在時尚世界裡，只要是彩度高的鮮豔色都可以被稱為原色。

原色の柄タイツ、どんなスカートと合わせたら？

基本色的花紋褲襪應該和哪種裙子做搭配呢？

05

きちんとし過ぎず、かわいいコーデにしたい。

我想要不會太過嚴謹又很可愛的穿著。

大きな声で

時尚穿搭

10 分性感美鞋通通
在這邊

ピンヒール
細跟鞋

インヒール
內增墊高

**ウェッジ
ソール**
楔型鞋

あつぞこ
厚底
厚底

01
黒のニーハイブーツで足長効果
を狙ってみたの。

02
モコモコブーツは寒いうちに履
き倒します。

03
フリンジブーツにロングソック
スを合わせました。

04
ニットブーツは、くしゅくしゅに
たるませて履こう。

05
ミドル丈レザーブーツの愛用
者が増えてるんだって。

「01 黒のニーハイブーツで足長効果を狙ってみたの。

穿上黑色的過膝長靴，企圖打造出一雙長腿。

「02 モコモコブーツは寒いうちに履き倒します。

毛絨絨的靴子要趁著寒冷的時節拚命穿出門。

> 「モコモコ」原本寫成「もこもこ」，用來形容毛絨絨、
> 暖和的樣子。經常和它一起出現的是「ふわふわ」（輕
> 飄飄的）。有時會兩者併用成「ふわもこ」。

「03 フリンジブーツにロングソックスを合わせました。

我以流蘇靴再搭配上長襪。

「04 ニットブーツは、くしゅくしゅにたるませて履こう。

編織靴款就用皺垮垮的穿法吧！

> 「くしゅくしゅ」用在衣著方面指的是布料等鬆垮的樣
> 子。特別常用在泡泡襪、保暖襪套、皮靴等單品上。

「05 ミドル丈レザーブーツの愛用者が増えてるんだって。

聽說有越來越多的人喜歡中長版的皮靴呢！

大きな声で

實用會話
先試著說說看

⭐

かかと
腳後跟

サンダル
涼鞋

ムートン
雪靴

**フラット
シューズ**
平底鞋

01

秋のマストアイテムはブーツです。

02

パンプスの品揃え豊富、欲しい1足がきっと見つかる。

03

シンプルなブーティはボトムを選ばないので重宝します。

04

秋に買った履き心地がいいブーティをヘビロテしてる。

05

足がきれいにみえるヒールの高さも選んだポイントです。

プチ説明

 其實是這樣的喔！

「01 秋のマストアイテムはブーツです。

秋天必備單品就是靴子。

「02 パンプスの品揃え豊富、欲しい１足がきっと見つかる。

高跟鞋的種類非常多，一定可以找到想要的那雙。

「パンプス」指的是不露腳指也不露腳跟，只露出腳背，沒有
綁帶等設計的鞋款。這類鞋款當中鞋跟較高的就叫做「ハイ
ヒール」（高跟鞋）。不過這兩種說法大多沒有特別的區分。

「03 シンプルなブーティはボトムを選ばないので重宝します。

簡單款的短靴不管和什麼裙子、褲子都很搭，是我的愛將。

「04 秋に買った履き心地がいいブーティをヘビロテしてる。

我秋天買的短靴穿起來很舒服，是我最近最常穿的一雙。

「ヘビロテ」是「ヘビーローテーション」的簡稱，原
本是指廣播中同一首歌播放好幾次，在時尚界就引申為
一個單品重複穿搭的次數很高。

「05 足がきれいにみえるヒールの高さも選んだポイン
トです。

能修飾腿形的跟高也是我選擇的重點之一。

大きな声で

實用會話
試著說說看

01

底の返りが良いので、長く歩いても疲れにくいですね。

鞋底很有彈性，所以走再遠也不怎麼累呢！

02

土踏まずにぴったりフィットするソールで歩きやすい。

這鞋底很貼合足弓，非常好走。

> 「土踏まず」是指足弓，又可稱為「アーチ」。在此補充腳掌其他部位的說法：足裏（腳底）、つま先（腳尖）、かかと（腳後跟）、足の甲（腳背）、足首（腳踝）。

03

太ヒールなら安定感があって颯爽と歩ける。

粗跟鞋走起來很穩，可以儘管大步走。

> 「ポップファッション」指的是80年代的流行風格，設計和用色大膽、鮮豔。在日本原宿一帶最能看見這樣的裝扮。

04

特に、ポップな色使いのものが人気！

流行用色的鞋款特別受到大家的喜愛！

05

カラフルな色使いがポイントのスニーカーです。

這雙運動鞋的吸睛之處就在於鮮豔的用色。

01

5店くらい回って試し履きしてようやくこの1足に決めた。

大概逛了五間鞋店試穿，最後才終於決定買這雙。

02

ハイヒールが苦手。ウォーキングシューズを愛用してます。

我不太會穿高跟鞋。我愛穿好走的休閒鞋。

「ウォーキングシューズ」有兩種意思，一種是真的穿來健走的運動鞋，一種是方便好走，比較重視美觀設計的休閒鞋。這邊指的是第二種。

03

メンズライクなローファーでカジュアルに。

用中性的樂福鞋來打造休閒風。

04

そういえば最近ぺたんこ靴はやってない？

對了，最近很流行平底鞋吧？

「ぺたんこ靴」（平底鞋）又叫「フラットシューズ」，指的是沒有鞋跟的鞋子。鞋頭偏圓的「バレエシューズ」（芭蕾舞鞋）也屬於這種鞋款。

05

このシューズ、機能性バツグン、しかもかわいい！

這雙鞋不僅重視機能，還很可愛！

01

脚がキレイに見える靴で、夏のおしゃれを楽しもう。

穿上能修飾腿形的鞋子，享受夏天的穿搭樂趣吧！

02

甲高さんも痛くならないゴム使いでラクチン。

腳背帶讓高腳背的人穿起來不再疼痛，十分舒適輕鬆。

據說日本人的腳型都比較偏向「幅広」(寬)且「甲高」(高腳背)。順帶一提沒有「甲低」這種相對的講法。

03

ビーチサンダルもラインストーン使いでこんなにおしゃれ！

海灘拖點綴上萊茵石，也能變得這麼時尚！

04

奥黛麗赫本 (オードリー・ヘプバーン) 在某部電影中有穿「ミュール」，所以「ミュール」又叫「ヘップサンダル」(赫本鞋)。和一般涼鞋 (サンダル) 不同的是，「ミュール」腳跟並沒有包覆住。

ミュールはやっぱり歩きにくい。

穿高跟拖鞋果真還是很難走路。

05

モカシンは季節を問わずに使えそうです。

莫卡辛鞋似乎不分季節都能穿。

大きな声で

實用會話
先試著說說看

パール
珍珠

01
鮮やかカラーは小物で取り入れればハデになりすぎない。

02
チープシックな小物が大好き。

ピアス
耳針

03
アイテム自体はゴージャスでステキです。

指輪
戒指

04
小物でフォークロアを取り入れてみよう。

05
80年代っぽいアイテムが揃ってます！

ペアリング
對戒

55

プチ説明

01 鮮やかカラーは小物で取り入れればハデになりすぎない。

鮮豔的顏色只要是用在配件上就不會太過誇張。

02 チープシックな小物が大好き。

我最愛既便宜又時尚的配件了。

「チープシック」（cheap chic）指的是用便宜的
單品來穿出流行的魅力，也就是現在頗為流行的
「平價時尚」。

03 アイテム自体はゴージャスでステキです。

單品本身是很奢華美麗啦！

04 小物でフォークロアを取り入れてみよう。

試著在配件上加入一點民族風元素吧！

「フォークロア」指的是從中歐、東歐一帶的民族
服飾當中找尋靈感的一種穿搭風格。常配有花朵、
格紋等圖案，衣服穿起來很有份量感。日本最知名
的民族風品牌為 KENZO。

05 80 年代っぽいアイテムが揃ってます！

80 年代風格的單品全都在這裡！

大きな声で

實用會話
試著說說看

だて
伊達めがね
装飾用眼鏡

01

りょうか ち　たか
利用価値が高ければ、ちょっと
たか　　　　だきょう
高くても妥協できる。

02

わたし
私がつけるとイモ姉ちゃんに
　　　　　　　　　ねえ
　　　　　　　　き
なっちゃう気がする。

ネクタイ
領帯

03

こものづか
小物使いがツボです。

キャップ
棒球帽

04

　　　　　　　　　　　　　　なつ
デカフレームサングラスは、夏の
マストアイテムです。

て ぶくろ
手袋
手套

05

ちゃいろ　あ
茶色は合わせやすいからこの
ふゆ　つか　たお
冬は使い倒します。

プチ説明

「01 利用価値が高ければ、ちょっと高くても妥協できる。
只要實用，貴一點也無妨。

「02 私がつけるとイモ姉ちゃんになっちゃう気がする。
換我戴上似乎就會變得很俗氣。

「イモ姉ちゃん」也可以寫成「芋姉ちゃん」，指
的是很俗氣、很土、很鄉巴佬的姐姐。

「03 小物使いがツボです。
配件的運用深得我心。

「04 デカフレームサングラスは、夏のマストアイテムです。
大框墨鏡是夏天的必備單品。

「デカ」是從「でかい」（巨大的）來的。「マス
トアイテム」是和製英語，意思是「必需品」。

「05 茶色は合わせやすいからこの冬は使い倒します。
棕色非常好搭配，所以今年冬季用翻天。

大きな声で

實用會話
試著說說看

01

ファッション小物で簡単に今年っぽい印象を作る。

利用時尚配件就能簡單地打造出今年流行風格。

02

ポンチョ風やマフラー風など、アレンジを楽しんでます。

可以享受斗篷風或是圍巾風等等各種搭配的方式。

「ポンチョ」指的是無袖套頭的方形毛織品，可套在肩膀上。

03

この秋買った腕時計をヘビロテで使ってます。

今年秋天買的手錶，我正不斷愛用中。

04

「サスペンダー」（吊帶）也可以説成「ズボン吊り」或是「吊りバンド」，但是「吊りバンド」現在幾乎不用了。

ハイウエストパンツにサスペンダーで背を高く見せる。

高腰褲搭配上吊帶，可以讓人看起來比較修長。

05

シルバー系のアクセサリーを愛用しています。

我很愛用銀飾。

01

この春、買いのマストアクセはシルバージュエリー。

今年春天購物清單上的必備飾品是銀飾。

02

大判ストールはマフラーにもひざ掛けにも早変わり。

大披肩可以當圍巾也可以當圍毯，自在變化。

有人會把「ストール」和「マフラー」給搞混。前者材質比較薄透，形狀也多為四方形、三角形等。後者材質比較厚也比較暖和，成長條狀可以披掛在脖子上。

03

ロングネックレスは背を高く見せられる。

長項鍊可以讓身材看起來比較高。

04

大ぶりネックレスも、落ち着いた真珠なら上品に見える。

即使是顆粒碩大的項鍊，只要用的是代表優雅的珍珠，看起來就顯得高貴。

「大ぶりネックレス」指的是墜飾尺寸比較大、比較有份量感的項鍊，多用珠珠、塑膠片、寶石、金屬鑄造等素材。

05

アンティークっぽいアクセが今いちばん注目されてる。

現在最受矚目的是復古風的飾品。

01

帽子やベルトなどの小物も、全体の雰囲気に合ってます。

帽子、皮帶等配件也和整體的氛圍十分搭配。

02

リュックもこんなデザインならタウン使いもOK。

如果是這種設計的後背包，出門逛街也不成問題。

「タウン使い」的「タウン」是英文的"town"，指的是市中心。「タウン使い」也就是出門上街逛街的意思。

03

シンプルな皮バッグ、一目でコレ使える！と思った。

款式簡約的皮包，讓我第一眼就覺得「這個可以派上用場」。

04

「ミディスカート」的「ミディ」是英文"middle"（中間）的略語。在這邊指的是腿長的中間地帶。

ミディスカートにレースタイツを合わせてみました。

我試著讓及膝裙和蕾絲褲襪做搭配。

05

カラフルなバッグはシンプルな服に合わせたい。

我想讓顏色鮮豔的包包搭配簡單一點的服裝。

大きな声で

實用會話
試著說說看 ★

01

派手色のタイツやレギンスでトレンド感を出す。

利用色彩鮮艷的褲襪和內搭褲營造出流行感。

02

「動物柄」又叫「マニマル柄」，包括「ゼブラ柄」（斑馬紋）、「ひょう柄」（豹紋）、「うし柄」（乳牛紋）、「キリン柄」（長頸鹿紋）等。

この冬は動物柄やドット柄などの柄物タイツが注目度大。

動物紋、圓點等花紋褲襪在今年冬天頗受矚目。

03

つばの幅が丁度いいラフィアハットです。

帽沿寬度剛剛好的編織草帽。

04

着圧ストッキングで美脚ラインを実現する。

彈性褲襪可以打造出美腿線條。

「着圧ストッキング」是種機能彈性褲襪，在各個部位有不一樣的加壓丹數設計，穿起來偏緊，能防止水腫和靜脈曲張。

05

ざっくり編みのニット帽はとってもあったかです。

粗針織的針織帽非常保暖。

01

つば広帽子は小顔に見せてくれます。

帽沿較寬的帽子可以讓臉看起來比較小。

02

太ベルトでXラインを作る。

用寬腰帶來打造X曲線。

「太ベルト」是寬腰帶，其他皮帶還有：「引き締めベルト」（腰封）、「ハイウエストゴムベルト」（鬆緊腰封）…等等。

03

たんすの奥の服も、ベルトでこんなに今年っぽい。

就連躺在衣櫃深處的衣服，運用皮帶也可以有當季流行的感覺。

04

「ニットワンピ」（針織洋裝）是「ニットワンピース」的簡稱。

ニットワンピはベルトをチェンジして楽しむ。

針織洋裝只要換條皮帶，就能營造出不一樣的感覺。

05

太ベルトをウエスト部分のちょっと上めにON。

腰封要繫在腰線稍微上面一點的位置。

01

ウエストにディテールのあるワンピにベルトをプラス。

在腰部有細部設計的洋裝上面再繫上皮帶。

02

小物一つ流行の色にしただけで、垢抜けた印象になる。

只不過選用了一個當季流行顏色的配件，就能帶出時尚感。

「垢抜ける」指的是脱離俗氣、營造出流行時尚感或是氣質。

03

このリボン付きベルトはスイートなところがお気に入り。

我喜歡這個蝴蝶結皮帶的甜美感覺。

04

「イヤリング」是垂墜式耳環的總稱。不過相較於需要穿耳洞的「ピアス」（耳針、耳環），「イヤリング」就變成不需穿耳洞的夾式耳環的名稱了。

イヤリングって頭が痛くなっちゃう。

戴上夾式耳環就會頭痛啊！

05

ベーシックなだけじゃつまらないから、アクセに遊びを入れよう〜

只是基本款的話就太無趣了，在飾品上加入巧思吧〜

おしゃれニュース

本季時尚頭條

日本ＯＬ的辦公室穿著
其實有潛規則！？

　　相較於日本ＯＬ，台灣ＯＬ的ストレス（壓力）其實比較小，至少在服裝方面不用顧慮這麼多…本篇就來談談日本女性的「大家都不說，但是大家都知道的職場穿著注意事項」。

　　撇開比較特殊的行業及有制服的公司不談，一般公司的女性新入社員（新進員工），在進公司第一年的穿著其實是有條不成文規定的：無難（打安全牌）！第一，要有清潔感（乾淨整齊的感覺），千萬不能だらしない（邋遢）。第二，要有きちんと感（得體的感覺），不可以穿得太派手（花俏）。第三，色調要素雅，建議選擇黒（黑色）、ベージュ（米色）…等。第四，盡量避免露出（裸露），短裙和低胸裝都ＮＧ。總之就是要目立たない（低調）！

　　不過到了第二年，如果妳還是維持新人（菜鳥）時期的樸素穿著，可是會被認為沒有長進的喔！這時就要做一些新嘗試，像是在服裝上加進一些色彩，或是戴上畫龍點睛的アクセサリー（飾品），試著在打扮上多用點心。但還是別忘了看場合來穿衣服。

　　至於到了第３年甚至是第５年，依照輩分和年齡又有不一樣的職場穿衣守則，這就留給各位讀者細細體會了…各位台灣女性看到以上的內容是否會覺得「啊～能在台灣工作真是太好了」呢？

TOPIC 2

妝髮美容
減肥瘦身

小萌和小惠是大學同學。油性肌膚的小萌滿臉痘痘，為了遮醜只好在臉上塗更多的粉。這天她來小惠家玩，發現了一個天大的秘密…

★本季主打星！

唔…看來保養也不能やりすぎ（做過頭）呢…

萌

唉，皮膚再好也是有アレルギー（過敏）問題…

恵

萌：あれ？　めぐちゃんって、すっぴんなの？

咦？小惠，妳沒化妝嗎？

恵：うん、そうだよ。なんで急（きゅう）に？

嗯，對呀。為什麼突然這樣問？

萌：今近（いまちか）くで見（み）ててふっと気（き）がついたの。ファンデーションくらい塗（ぬ）ってるのかと思（おも）ってた。肌（はだ）キレイだねー。

剛剛從近處看妳才忽然發現的。我一直以為妳有上粉底之類的底妝。妳皮膚好好喔！

恵：そうかなあ、ありがと。

是嗎？謝謝妳。

萌：肌（はだ）の手入（てい）れどんな風（ふう）にしてるの？

妳都怎麼保養肌膚呢？

恵：朝晩洗（あさばんあら）ってるだけ。

我只有每天早晚洗臉而已。

萌：洗顔料（せんがんりょう）は何（なに）使（つか）ってるの？

妳都用什麼洗臉呢？

恵：んー、朝（あさ）は水（みず）でささっと洗（あら）って。夜（よる）は石（せっ）けんで洗（あら）ってる。

我想想……早上就用清水洗一洗，晚上會用洗面皂。

萌：化粧水と乳液くらいはつけてるんでしょ？
どこのブランドの？

至少會擦化妝水和乳液吧？妳用什麼品牌的？

恵：ブランドなんて。100均だよー。

我哪有用什麼大品牌的呀！就百圓商店的呀！

萌：それだけで何でそんなにキレイなのー？

光是這樣，為什麼皮膚就能保持得這麼漂亮呢？

恵：私、肌が弱いから。刺激の強い化粧品とか
洗顔料とかは使わないようにして。あと保
湿には気をつけてる。それがいいんじゃな
いかな。

我是敏感性肌皮膚，所以都避免使用那種會刺激肌膚
的化妝品和洗臉皂等等。這大概就是關鍵吧？

萌：そっかー。私はきれいに見せようとして化
粧品使って、それでかえって肌を傷めてる
ってことは、あるかもしれない。

原來是這樣喔？我一直用化妝品讓自己看起來美美
的，結果可能反而傷害了肌膚。

恵：まあ、私の場合は化粧するとてきめんに肌
荒れしちゃうから、してないんだよ。

嗯，我只要一上妝，臉部肌膚就會立刻出問題，所以
才不化妝。

萌：めぐちゃんみたいに肌がキレイだったら、
化粧しなくても全然大丈夫だよー。

要是皮膚能像妳一樣好，就算不化妝也沒關係啊！

恵：でもやっぱり、就活のときにはしなくちゃと
思ってるんだ。

但我覺得，找工作時還是得化妝才行。

萌：そうだね。就活のときにはしないとマズイだ
ろうね。

説得也是。找工作時如果沒化妝就慘了吧？

恵：うん。でも肌荒れしちゃうからなー。肌に優
しい化粧品知らない？

嗯。不過我皮膚會過敏啊！妳知道有什麼化妝品是比較溫
和的嗎？

萌：そういえば、最近新しい自然派化粧品の店が
できたんだ。お店でちょっと試してみたら？
今日の帰りにでも一緒に行ってみない？

説到這個，最近有家新開的店賣的是天然化妝品。妳要不
要去店裡試用看看呢？今天回家的路上要不要一起去？

恵：うん、ありがと、連れてって。

嗯，謝謝妳，帶我去吧！

·時尚聊天室·

大きな声で

實用會話
先試著說說看

厚化粧
濃妝

薄化粧
淡妝

**スモーキー
メイク**
煙燻妝

化粧直し
補妝

01
第一印象は、メイクで大きく左右される！

02
どんなに忙しくても「キレイ」の手は抜かない。

03
色の濃淡を上手に使うことで彫りの深い顔立ちに見せる。

04
すっぴん風ナチュラルメイクが好きです。

05
自分の顔の形に合ったヘアスタイルとメイクを知ろう。

プチ説明

其實是這樣的喔！

01 第一印象は、メイクで大きく左右される！

妝容大大地決定了妳給人的第一印象！

02 どんなに忙しくても「キレイ」の手は抜かない。

再怎麼忙，在「維持美麗的保養」上都不能偷懶。

> 「キレイ」（美麗）原本寫成「きれい」（或是「綺
> 麗」、「奇麗」），是形容動詞。但是在雜誌裡面
> 經常把它當成名詞來使用。

03 色の濃淡を上手に使うことで彫りの深い顔立ち
に見せる。

只要巧妙地調整色彩的濃度，就能打造出立體的五官。

04 すっぴん風ナチュラルメイクが好きです。

我喜歡看起來像素顏的自然妝容。

> 「すっぴん風」近來常在美妝單元出現。「～風」
> 指的是帶有某種樣子、風格。「すっぴん風」只是
> 看起來像素顏，並不是真的素顏。就像是「裸妝」
> 其實還是有上妝一樣。

05 自分の顔の形に合ったヘアスタイルとメイクを知ろう。

來了解適合自己臉型的髮型和妝容吧！

大きな声で

實用會話
試著說說看

01

混合肌_{こんごうはだ}を克服_{こくふく}する方法_{ほうほう}はないの？

有沒有什麼方法能讓混和肌乖乖聽話呢？

02

新卒採用試験_{しんそつさいようしけん}では、ノーメイクはダメ？

大學剛畢業去參加公司面試時不可以沒化妝？

TOPIC
妝
髮
美
容

在日本社會，女性化妝被視為是一種禮儀。特別是在找工作的時候，最好還是化點淡妝才不會被當成沒常識的人喔！

03

汗_{あせ}でメイクが落_おちちゃう。

流汗讓臉上的妝都快花了。

04

「キラキラ」原本應該是寫成「きらきら」，寫成片假名後更能強調閃閃發亮的感覺。

キラキラ、ゴージャスなネイルは一見_{いっけん}の価値_{かち}あり！

亮晶晶的奢華風指甲值得一看！

05

セクシーカラーの付_つけ爪_{づめ}で、夜遊_{よあそ}び気分_{きぶん}も盛_もり上_あがる。

用色性感的甲片能讓夜間玩樂的心情跟著嗨起來。

妝 髮 美 容
減 肥 瘦 身
令人愛憐的 LOVE 底妝

大きな声で

實用會話
先試著說說看

★

パフ
粉撲

01
日焼け止めはウォータープルーフのものを使いましょう。

02
誰もが憧れるのは、滑らか、ぷるるんのゆでたまご肌。

ハイライト
打亮

03
濃淡数色入りのチークで、立体的に仕上げる。

マシュマロ肌
棉花糖肌

04
ベースメイクで肌の透明感を出す。

つける
上、塗抹

05
のびがよく、つけてて気持ちいいファンデーションです。

プチ説明

「01 日焼け止めはウォータープルーフのものを使いましょう。

防曬用品要使用防水型的喔！

「02 誰もが憧れるのは、滑らか、ぷるるんのゆでたまご肌。

任誰都嚮往光滑Q彈的水煮蛋肌。

「ゆでたまご肌」（ゆで卵肌）指的是幾乎看不到毛孔、光滑細緻，就像水煮蛋一樣白嫩的肌膚。類似形容還有「赤ちゃん肌」（嬰兒肌）、「もち肌」（麻糬肌）…等。

「03 濃淡数色入りのチークで、立体的に仕上げる。

運用多色修容餅來畫出立體感。

「04 ベースメイクで肌の透明感を出す。

運用底妝來打造出肌膚的透明感。

「透明感」這三個字很常在臉部保養、底妝等單元出現。指的是白皙透亮、完全不暗沉的樣子。

「05 のびがよく、つけてて気持ちいいファンデーションです。

這個粉底很好推開，擦上去滿舒服的。

大きな声で
實用會話
先試著說說看

ほしつ
保湿
保濕

01

つか
疲れてるときのすっぴんは、
ひと　　み
人には見せられない。

02

くずれやすいＴゾーンは
　　　　　　とく　ていねい
ファンデを特に丁寧に。

あぶら　と　　がみ
脂取り紙
吸油面紙

03

　　　　　　　づか　　き　て
コンシーラー使いが決め手。

バッチリ
無懈可擊

04

Ｔゾーンはテカテカなのに、
ほっぺはカサカサ……。

びんかんはだ
敏感肌
敏感性肌膚

05

　　　　あと　こうはん　い
ニキビ跡が広範囲にポツポツ、
　　　　かく
どう隠したらいいの？

プチ説明

「01 疲れてるときのすっぴんは、人には見せられない。

疲累時的素顏，根本不敢見人。

「02 くずれやすいＴゾーンはファンデを特に丁寧に。

容易脫妝的Ｔ字部位在上粉底時就要特別仔細。

「ファンデ」（粉底）是「ファンデーション」的
簡稱。粉底基本上分成三種類型：「パウダー」（粉
狀）、「リキッド」（液狀）、「クリーム」（霜狀）。

「03 コンシーラー使いが決め手。

遮瑕膏的使用就是關鍵所在。

「04 Ｔゾーンはテカテカなのに、ほっぺはカサカサ……。

Ｔ字部位雖然泛著油光，但臉頰卻很乾燥……。

「テカテカ」和「カサカサ」原本應該都要寫成平
假名，不過在雜誌裡常常寫成片假名。

「05 ニキビ跡が広範囲にポツポツ、どう隠したらいいの？

我有一大片零星的痘疤，應該要怎麼遮蓋才好呢？

75

大きな声で

01

広範囲のトラブルはクリームコンシーラーで隠す。

大範圍的肌膚問題就用霜狀遮瑕膏來掩蓋。

02

ニキビ肌は厚塗りではなく下地の二度塗りでカバー。

痘痘肌的底妝不能太厚，要分次上兩層隔離霜來遮瑕。

「下地の二度塗り」在這邊指的是把隔離霜一次的使用量分兩次「薄薄地」塗抹，並不是要兩次都使用全部的量。

03

Ｔゾーンがテカっちゃう。

Ｔ字部位老是出油。

04

這邊用「向き」指的是「適合…」。如果用的是「向け」，則是指該產品是以這樣的人為對象所設計推出的。

リキッドは皮脂くずれしやすいオイリー肌向き。

液狀粉底適合容易泛油光的油性肌膚。

05

皮脂をキャッチする効果のあるアイテムが GOOD。

要使用具有抑制油光功效的化妝品才對。

ファッション☆

01

ほっぺはカサカサ、Tゾーンはベタベタで困っちゃう。

臉頰乾乾的，T字部位黏黏的，真困擾！

02

しっとり感のあるテクスチャーが混合肌向き。

質地具有保濕感的化妝品很適合混和肌。

「テクスチャー」在美容用語方面是指像乳液、乳霜般比較滑順滋潤的質地、觸感。

03

Tゾーンはたたき込むようになじませて！

T字部位就用輕拍的方式塗抹均匀。

04

乾燥肌にはミネラルファンデを試してみるとよいらしい。

乾性肌膚不妨可以試試礦物粉底。

「ミネラルファンデ」是「ミネラルファンデーション」的簡稱。這是標榜天然礦物成分、溫和不刺激肌膚、薄透卻有卓越遮瑕力的一種底妝用品，近來成為一種美妝趨勢。

05

水系成分多めのしっとりテクスチャーが乾燥肌向き。

飽水性較強的保濕質地很適合乾性肌膚。

01

ニキビ<ruby>肌<rt>はだ</rt></ruby>に<ruby>向<rt>む</rt></ruby>いてる<ruby>基礎化粧品<rt>きそけしょうひん</rt></ruby>はどれ？

適合痘痘肌的基礎化妝品是哪一個呢？

02

カバー<ruby>力<rt>りょく</rt></ruby>があって、<ruby>肌<rt>はだ</rt></ruby>をいたわり、くずれにくい。

遮瑕力夠、不傷肌膚且不易脫妝。

「カバー力」的「カバー」是從英文的 "cover"（遮蓋）而來的。在後面接上「力」，表示該能力、性能。

03

そんな<ruby>三拍子<rt>さんびょうし</rt></ruby>そろったファンデーションはこれ！

具備以上三個優點的粉底就是這個！

04

「ツヤ肌」的「ツヤ」原本寫成「つや」或「艶」，表示光澤。而「ツヤ肌」也就是柔亮有光澤的美麗肌膚。

ナチュラルメイクで<ruby>自然<rt>しぜん</rt></ruby>なツヤ<ruby>肌<rt>はだ</rt></ruby>に<ruby>見<rt>み</rt></ruby>せる。

自然妝感可以打造透出自然光澤的肌膚。

05

<ruby>下地<rt>したじ</rt></ruby>とファンデーションはよく<ruby>混<rt>ま</rt></ruby>ぜてね。

要把隔離霜和粉底液仔細混合均勻喔！

大きな声で

01

手(て)のひらを使(つか)って、顔全体(かおぜんたい)に薄(うす)く延(の)ばす。

用手心在全臉推抹薄薄的一層。

02

ルースパウダーとプレストパウダー、どっちがいい!?

粉狀蜜粉和蜜粉餅，哪個比較好呢！？

「ルースパウダー」是指一整盒都是細粉的蜜粉，要用粉撲才能抓住粉來上妝。「プレストパウダー」是把蜜粉壓縮成塊狀的類型，通常用海綿就能上妝。

03

下地(したじ)とファンデーションを角(かく)スポンジでむらなく塗(ぬ)る。

隔離霜和粉底就用三角海綿均勻的塗抹。

04

「ノリ」在這邊可不是指「海苔」或「漿糊」喔！用在美妝表示妝感的服貼度。順帶一提，它還有「配合度」的意思。如果人家說你「ノリが悪いね」，可是在抱怨你愛理不理的，一點也不 high 喔～

乾燥(かんそう)のせいでファンデのノリが悪(わる)い。

空氣乾燥使底妝不服貼。

05

コンシーラーでシミなどのトラブルを隠(かく)す。

用遮瑕膏來遮蓋斑點等肌膚問題。

01

自分の肌タイプに合ったベースメイクを見つけたい。

我想找出適合自己肌膚性質的底妝。

02

自分の肌に合うアイテムを見つけて化粧くずれを防ぐ。

找出適合自己肌膚的化妝品來防止脫妝。

「化粧くずれ」也可以寫成「化粧崩れ」，舉凡像是底妝花掉、龜裂，或是其他部位的妝容暈染都可以用這個單字來說明。

03

スキンケア効果のある下地で乾燥肌の私にも合う☆

有護膚效果的隔離乳很適合我的乾性肌膚☆

04

普段はＢＢクリームを使えばお粉なしでも。

平時只要使用ＢＢ霜，就算不擦粉也沒問題。

「お粉」在這邊指的是蜜粉、粉餅的粉。對了，「粉」這個字如果用在肌膚上，則是指肌膚因為乾燥而產生白色的皮屑，通常會說「粉吹き」。

05

昼には化粧がくずれちゃう。脂取り紙は必携です！

到了中午妝容就毀了。吸油面紙是一定要帶出門的！

おしゃれニュース

本季時尚頭條

女為悅己者容…妳還在化過氣老妝嗎？

　　流行雜誌總是免不了介紹時下最流行的妝容。在此也挑出三個日本目前正夯的化妝術給各位做參考：

　　ネコ目メイク（貓眼妝）：運用アイライナー（眼線）以及眼尾加長型つけまつげ（假睫毛）打造出眼尾拉長往上提拉的眼妝。重點就在ハネライン（上揚眼線）！完成後眼睛看起來就像貓咪一樣可愛，也帶了一點小悪魔（小惡魔）淘氣的感覺。

　　困り顔メイク（為難臉妝容）：這是由加藤ミリヤ（加藤 Miliyah）、人氣偶像 AKB48 的島崎遥香等女星帶起的流行。微微皺眉的妝容看起來好像有心事，散發出無辜、值得可愛がる（疼愛）的感覺。妝容重點在アイブロウ（眉毛），要描成一直線的自然風粗眉，可別傻傻地畫成幸薄（歹命）的八字眉囉！至於タレ目（下垂眼）和比較濃一點的橘色チーク（腮紅）也都是不可或缺的。

　　涙袋メイク（臥蠶妝）：前 AKB48 成員板野友美是這個妝容的火付け役（流行帶動者），她的臥蠶深受女孩喜愛。現在走一趟日本的ドラッグストア（藥妝店）就能發現滿牆的臥蠶妝道具，像是米白色的アイカラー（眼彩）、涙袋テープ（臥蠶膠帶）…這些道具都能突顯或是製造出臥蠶並放大眼睛唷！

　　看完介紹後有沒有心動技癢了呢？還不快拿出妳的化妝品，讓自己イメチェン（換形象）一下？

TOPIC 2
妝髮美容
減肥瘦身

大きな声で

實用會話
先試著說說看 ☆

かがみ
鏡
鏡子

01
ぱっちりした二重まぶたに憧
れます。
（ふた え）（あこが）

02
奥二重なので、アイシャドウ
が塗りにくい。
（おくぶた え）（ぬ）

アイプチ
使用道具黏貼出假
雙眼皮

03
一重まぶたで日本人形みたいで
す。
（ひと え）（に ほんにんぎょう）

めじり
目尻
眼尾

04
下まぶたメイクで涙袋を作
る！
（した）（なみだぶくろ つく）

05
マスカラで重要なのは、にじまな
いこと。
（じゅうよう）

つけまつげ
假睫毛

プチ説明

01 ぱっちりした二重まぶたに憧れます。

我好羨慕別人有漂亮分明的雙眼皮。

02 奥二重なので、アイシャドウが塗りにくい。

我是內雙眼皮，所以很不容易上眼影。

> 「奥二重」的「二重」要唸成「ぶたえ」。「アイシャドウ」也可以寫成「アイシャドー」，不過還是「アイシャドウ」這個表記方式比較常見。

03 一重まぶたで日本人形みたいです。

我是單眼皮，好像日本人偶一樣。

04 下まぶたメイクで涙袋を作る！

運用下眼瞼的妝法來畫出臥蠶！

> 日本最近很流行「涙袋メイク」。除了用白色眼影能畫出假臥蠶，甚至也有業者推出像雙眼皮貼一樣的東西，只要貼上並塑型就能擁有人工臥蠶。

05 マスカラで重要なのは、にじまないこと。

睫毛膏最重要的就是不暈染。

大きな声で

實用會話
試著說說看

01

目の形にベストマッチなアイラインの入れ方を研究する。

研究最適合眼型的眼線畫法。

02

アイシャドウの多色使いで目元にメリハリをつける。

使用多色眼影讓眼部看起來更有層次。

在穿搭單元提過的「メリハリ」多指凹凸的曲線。但這回在美妝篇有了不一樣的意思:「層次感」、「光影折射」。

03

目の大きさより、瞳がキラキラ輝いて見えることが大切。

比起眼睛大小,眼神看起來閃閃發亮才是最重要的。

04

「タレ目風」也是近年日本流行的眼妝之一。妝容重點在用眼線或假睫毛製造出下垂的眼尾,能給人無辜、無害且惹人憐愛的感覺。

タレ目風のメイクで親しみやすい印象に。

下垂眼妝可以給人容易親近的印象。

05

マスカラのダマはしっかり取り除かないと。

睫毛膏的結塊一定要完全去除。

大きな声で

實用會話
先試著說說看

リップメイク
唇妝

01

<ruby>口紅<rt>くちべに</rt></ruby>はリップブラシで<ruby>塗<rt>ぬ</rt></ruby>った
ほうがキレイに<ruby>仕上<rt>しあ</rt></ruby>がる。

02

グロスの<ruby>一<rt>ひと</rt></ruby><ruby>塗<rt>ぬ</rt></ruby>りでぷるぷ
る、ツヤツヤになります。

<ruby>唇<rt>くちびる</rt></ruby>
嘴唇

03

<ruby>紫外線<rt>しがいせん</rt></ruby>を<ruby>防<rt>ふせ</rt></ruby>ぐリップクリームで
<ruby>唇<rt>くちびる</rt></ruby>にも<ruby>日焼<rt>ひや</rt></ruby>け<ruby>対策<rt>たいさく</rt></ruby>。

<ruby>発色<rt>はっしょく</rt></ruby>
顯色

04

たらこじゃない、ぽってり
<ruby>唇<rt>くちびる</rt></ruby>の<ruby>作<rt>つく</rt></ruby>り<ruby>方<rt>かた</rt></ruby>が<ruby>知<rt>し</rt></ruby>りたい！

05

<ruby>口元<rt>くちもと</rt></ruby>
嘴部

ほどよいツヤ<ruby>感<rt>かん</rt></ruby>がお<ruby>気<rt>き</rt></ruby>に<ruby>入<rt>い</rt></ruby>りの
リップグロスです。

プチ説明

其實是這樣的喔！　

「01　口紅はリップブラシで塗ったほうがキレイに仕上がる。

用唇刷塗抹口紅會畫得比較漂亮。

「02　グロスの一塗りでぷるぷる、ツヤツヤになります。

上個唇蜜就能讓嘴唇嘟嘟的，具有光澤感。

「グロス」是「リップグロス」的簡稱。「ぷるぷる」在雜誌裡面很常寫成片假名「プルプル」，表達出有彈性的樣子。

「03　紫外線を防ぐリップクリームで唇にも日焼け対策。

使用抗紫外線的護唇膏，讓嘴唇也做好防曬對策。

「04　たらこじゃない、ぽってり唇の作り方が知りたい！

我想知道不會變成香腸嘴的飽滿嘟唇打造法！

「たらこ」是「たらこ唇」的簡稱。「たらこ」是鱈魚卵，形狀和厚度長得很像兩片厚唇，因而產生了這種比喻用法。

「05　ほどよいツヤ感がお気に入りのリップグロスです。

我喜歡這支唇蜜剛剛好的光澤感。

大きな声で

ヘアカラー
染髪

01

ボリュームありすぎな髪を活
かせるヘアスタイルは？

ミディアム
中長髪

02

ちょっとクセ毛のほうが可愛い
し、スタイリングも楽。

03

広がる髪と毎朝格闘、どうにか
したい！

ウィッグ
假髪

04

ゆるいカールにしたくて
エアウェーブでパーマを。

えだげ
枝毛
髪尾分岔

05

すぐペタンコになる髪、どうした
ら？

プチ説明

其實是這樣的喔！

「01 ボリュームありすぎな髪を活かせるヘアスタイルは？

能巧妙運用過多髮量的髮型是？

「02 ちょっとクセ毛のほうが可愛いし、スタイリングも楽。

有點自然捲比較可愛，做造型也比較方便。

> 「クセ毛」指的是部分短短、捲捲的頭髮，或是整
> 頭都是自然捲，和下一頁要提到的「天パ」有點不
> 一樣。

「03 広がる髪と毎朝格闘、どうにかしたい！

每天早上都要跟這顆爆炸頭搏鬥一番，真想治治這頭亂髮！

「04 ゆるいカールにしたくてエアウェーブでパーマを。

我想要微捲的髮型，所以燙了空氣冷塑燙。

> 「エアウェーブ」也有人稱為「エアウィーヴ」，
> 是從英語 "airweave" 而來的。是一種不太傷髮質，
> 成果比較自然的燙髮技術。

「05 すぐペタンコになる髪、どうしたら？

一下子就變得扁塌的頭髮，應該怎麼做才好呢？

大きな声で

實用會話
試著說說看

01

ちょくもう
直毛ならではのサラツヤ質感に。

打造出直髮特有的光滑柔順感。

02

てん　　　　　　　　　　　　　み　　　　　　　　　　　　なや
天パなので、ハデに見られちゃうのが悩み
です。

自然捲讓我的髮型看起來很誇張，實在很困擾。

「天パ」是「天然パーマ」的簡稱。指的是與生俱來整
頭都是Ｑ毛的天然捲髮質（稍早提到的「クセ毛」不
只整頭，也可以指部分的頭髮）。

03

みじか　　　　　　　　　　　こうか　　　　　　おんな
短めボブもフリルの効果で女のコらしく。

鮑伯短髮也能有空氣感，散發出女人味。

04

「アクセント」在此可不是指發
音學上的重音。而是指為了吸引
人注意，做了點變化或是加強的
巧思。

トップにアクセントがあるか
こがおこうか
ら、小顔効果もある。

頭頂有做了一點變化，同時具有小
臉效果。

05

なつ　　　　　　　　　　かみがた
この夏はどんな髪型にしよっかな？

今年夏天要換什麼新髮型好呢？

おしゃれニュース

本季時尚頭條
新時代的「魔女的條件」！

2009 年，日本光文社發行女性雜誌《美STO-RY》（後改名《美ST》），創造出「美魔女」這個詞。隔年該雜誌總編舉辦「国民的美魔女コンテスト」（國民美魔女選美大賽），更是把美魔女的ブーム（風潮）推上了高峰。究竟什麼是美魔女呢？根據該雜誌的定義，美魔女是指 35 歲以上、才色兼備的女性，面貌和身材都保養得宜，看起來甚至比若い子（年輕美眉）還年輕，就像是對自己施予魔法一樣的漂亮。

日本知名的美魔女有水谷雅子、山田佳子、門馬礼子…等人。她們為了維持美麗可謂是竭盡心力。有人培養運動習慣；有人一個月用掉四瓶ローション（化妝水）；有人重視飲食的栄養バランス（營養均衡）。而這些人的獨家美麗コツ（絕竅）也造成其他女性的爭相模仿，各個都是カリスマ（教主）等級。

至於社會大眾對於美魔女的觀感則分成兩派。支持者當然很憧れる（嚮往）這樣的エイジレス（青春永駐），覺得美魔女們的努力很激勵人心。アンチ派（反對派）則是説美魔女都若作り（裝嫩），能感受到她們的無理（勉強），人應該要年相応（服老）才對。總之，只要能健康快樂做自己，保持一顆オープンマインド（開闊的心），外見（外表）有沒有アンチエイジング（抗老）成功都無所謂了不是嗎？

妝髮美容
減肥瘦身

打擊肌膚作亂的妖
怪！！！

大きな声で
實用會話
試著說說看 ☆

けあな
毛穴
毛孔

01
おんな　こ　　　み
女の子らしく見せるには、
かんじん
リップケアが肝心。

02
まいにち　　ぷん　　　　　こがお
毎日 10 分ぐらい小顔マッサージ
にっか
をするのが日課です。

かくせん
角栓
粉刺

03
　　　　　　　　きほん
ニキビケアの基本はたっぷりの
あわ　　やさ　　　せんがん
泡で優しく洗顔すること。

04
ふきそく　　せいかつ　　つづ
不規則な生活が続いたら、
ニキビができちゃった。

ゆるみ
鬆弛

05
れいすい　　　　　　　けあな　　ひ　し
冷水ですすぐと毛穴が引き締まる
かん
感じがします。

こ
小じわ
細紋

プチ説明

「01 女の子らしく見せるには、リップケアが肝心。

如果想要有女人味，關鍵就在唇部保養。

「02 毎日10分ぐらい小顔マッサージをするのが日課です。

我每天都一定要做十分鐘左右的瘦臉按摩。

「小顔マッサージ」還有其他類似講法，像是「造
顔マッサージ」（造臉按摩）、「フェイスマッ
サージ」（臉部按摩）、「顔のリンパマッサージ」
（臉部淋巴按摩）等等。

「03 ニキビケアの基本はたっぷりの泡で優しく洗顔する
こと。

消滅痘痘最基本的就是要用大量的泡泡來溫柔地洗臉。

「04 不規則な生活が続いたら、ニキビができちゃった。

持續了好一陣子不正常的作息，結果長青春痘了。

「ニキビ」是「青春痘」，醫學名詞叫「尋常性痤
瘡」。「ニキビ」特別是指青春期所長的痘痘，成
人痘的說法則是「吹き出物」。

「05 冷水ですすぐと毛穴が引き締まる感じがします。

用冷水洗臉就能感受到毛孔收斂的效果。

大きな声で

そばかす
雀斑

01

小鼻の黒ずみは専用パックで
特別ケアします。

02

素肌が変わってきて、効果を実
感します。

黒ずみ
黑頭粉刺

03

一回使っただけで、肌がなめら
かになった気がしました。

肌色
膚色

04

洗顔やパックのしすぎは、かえっ
て肌のトラブルを招く。

05

おでこ
額頭

使い続けるうちに透明感も出てき
たような気がします。

プチ説明

「01 小鼻の黒ずみは専用パックで特別ケアします。

用鼻翼專用的粉刺面膜來進行特殊保養。

「02 素肌が変わってきて、効果を実感します。

能實際感受到肌膚有了改變。

> 「素肌」指的是完全沒塗抹任何化妝品，最自然狀
> 態的肌膚。

「03 一回使っただけで、肌がなめらかになった気がしました。

只使用一次就能覺得肌膚變得光滑。

「04 洗顔やパックのしすぎは、かえって肌のトラブルを招く。

過度洗臉或敷面膜，反而會導致肌膚出問題。

> 「パック」和「マスク」雖然都是面膜，但有點不
> 同。前者偏指凝膠狀或泥狀的面膜，需塗抹再沖
> 洗。後者則是「シートマスク」的簡稱，指的是可
> 以敷貼在臉上再取下的片狀面膜。

「05 使い続けるうちに透明感も出てきたような気がします。

繼續使用就能發現肌膚開始變得透亮。

大きな声で

實用會話
試著說說看

01

せんがんよう
洗顔用や赤ちゃん用を使ってもだめです。

即使是洗臉專用或是嬰兒專用的也不能使用。

02

せっけん　かお　あら
石鹸で顔を洗うと、つっぱってしまいます。

用香皂洗臉，結果肌膚變得太緊繃。

「つっぱってしまいます」是從「つっぱる」這個單字
來的。原意是「抽筋」或是「猛推」，在這邊是指洗臉
過度清潔，臉變得很乾很緊繃。

03

はだ　　　　せんがん　き　て　とく
オイリー肌なら洗顔が決め手、特にＴ
　　　　ねん　い
ゾーンは念入りに。

油性肌膚就要注重洗臉，尤其是Ｔ字部位更要
仔細。

04

「ガサガサ」和「カサカサ」這
兩個擬態語都用來表示乾燥的
狀態，只是前者語氣更為強調。

くちびる　こう か てき
ガサガサ唇に効果的なリップ
せんよう び ようえき
専用美容液です。

這是對乾燥嘴唇很有效的唇部專用
美容液。

05

はだ　て　い
しっとり、プルンのツヤ肌を手に入れたい。

好想要有潤澤飽滿的光亮肌膚。

01

皮脂が多く出るはずの今の季節でもなぜかカサカサ。

這個季節原本應該是會大量出油才對，但不知為何皮膚很乾燥。

02

スチーマーと化粧水で徹底的に保湿します。

用噴霧美容器和化妝水徹底進行保濕工作。

「スチーマー」是可以噴出蒸氣或水霧，讓肌膚或頭髮補充水分的一種美容儀器。用在服裝方面則是指蒸氣式熨斗。

03

夏は汗やエアコンで肌に負担がかかりやすい。

夏天容易因為汗水和空調等造成肌膚的負擔。

04

「化粧品」雖然字面上看起來是「化妝品」，但其實不只可以指粉底、睫毛膏等化妝道具，也可以指肌膚的保養品。

化粧品の効果って、使い手の体質にもよるよね。

保養品的效果也和使用者的體質有關呢！

05

スキンケアは、年間通して美白化粧水を愛用しています。

關於肌膚保養，我一年到頭都愛用美白化妝水。

01

シートパックは、普段づかいで、継続すると効果的。

只要平時持續使用片狀面膜，就能看到效果出現。

02

焼けにくい肌になるためには、保湿ケアも欠かせない。

為了讓肌膚不容易曬黑，保濕工作也是不可或缺的。

「ケア」也可以說成「手入れ」。用在美容方面是指「保養」，可以和很多語詞做結合，例如「ニキビケア」（面皰保養）。如果是用在醫療方面，則有「照護」的意思。

03

夏でも、とにかく乾燥させないのが鉄則。

就算在夏天，也千萬不要讓肌膚乾燥。

「断食」本來是用在宗教修行、抗議等場合，後來常使用於健康、減肥方面，指的是幾天不進食，讓身體機能重置。在這邊指的是連續幾天不塗抹保養品，恢復肌膚原有的功能。

04

週末の肌断食で肌が本来持っている力を引き出す！

週末暫停保養，可以喚醒肌膚原有的修護力。

05

水分補給マスクでぷるるん素肌を手に入れよう！

用補充水分的面膜來讓肌膚變得水潤吧！

大きな声で

試著說說看

01

軽くてのびのよい感触で、気持ちよく使えます。
かる　　　　　　　　かんしょく　　　　きも　　　　
つか

質地輕盈好延展，使用起來很舒服。

02

顔に触らないフェイシャルケアでリフトアップ！
かお　さわ

利用不會碰觸到肌膚的臉部保養來拉提！

「フェイシャル」是「フェイシャルマッサージ」（美顔按摩）的簡稱。用按摩霜搭配按摩技法來調整臉部肌膚油脂分泌量或是血流、淋巴循環等。

03

スキンケアの基本"保湿"でうるおう肌を手に入れる！
きほん　ほしつ　　　　　　　　はだ　て　い

運用護膚最基本的「保濕」工作來滋潤肌膚！

04

「くすみ」是「くすむ」（暗下來）這個動詞的名詞形。指的是臉部沒有光采，一點也不明亮的肌膚狀態，會讓人看起來比較老氣。形成的原因可能是紫外線、清潔不當、血液循環不良等。

角層の"くすみ"をケアし、透明感を出す。
かくそう　　　　　　　　　　とうめい
かん　だ

保養角質層的「暗沉」，打造透明感。

05

自分の肌質を正しく知って丁寧にケアすることが一番。
じぶん　はだしつ　ただ　　し　　ていねい　　　　　　　　　いちばん

最重要的是要正確了解自己的膚質及細心的保養。

妝髮美容
減肥瘦身
向專家請教★誘人
的身體保養

大きな声で
實用會話
先試著說說看 ★

指（ゆび）
手指

ネイルアート
指甲彩繪

ひじ
手肘

ひざ
膝蓋

01
少量（しょうりょう）でもうるおいが長持ち（ながも）するハンドクリームです。

02
キレイな体（からだ）を作（つく）るため、週２（しゅう）でエアロビに通（かよ）っています。

03
紫外線（しがいせん）ケアもサングラスと帽子（ぼうし）でお洒落（しゃれ）にしたい！

04
沖縄出身（おきなわしゅっしん）のせいか、日焼（ひや）けしやすいのが悩（なや）み。

05
日焼（ひや）け止（ど）めばかりでなく、帽子（ぼうし）や日傘（ひがさ）も活用（かつよう）してます。

TOPIC 2
妝髮美容 減肥瘦身

25 ~

プチ説明

01 少量でもうるおいが長持ちするハンドクリームです。

只需一點點的使用量就能長時間維持滋潤效果的護手霜。

02 キレイな体を作るため、週2でエアロビに通っています。

為了打造出美麗的胴體，我每週去跳兩次有氧舞蹈。

「エアロビ」又叫「エアロビクス」，兩種說法都是「 エアロビクスダンス・エクササイズ」（有氧舞蹈）的簡稱。

03 紫外線ケアもサングラスと帽子でお洒落にしたい！

即使為了防曬，也想利用墨鏡和帽子穿出時尚感！

04 沖縄出身のせいか、日焼けしやすいのが悩み。

不知道是不是因為我是沖繩人，我很容易曬黑，真是煩惱。

沖繩是日本最南端的縣，和日本主要的四個島嶼不同，屬於亞熱帶海洋性氣候，全年溫暖，日照充足。

05 日焼け止めばかりでなく、帽子や日傘も活用してます。

不單是使用防曬乳，也用了帽子和遮陽傘。

大きな声で

試著說說看

01

日焼け止めは "30分前に塗る" ように気をつけています。

我總是謹記著防曬乳「要在30分鐘前塗抹」的原則。

02

雑誌に載ってた美魔女厳選エステに行ってみた。

我去光顧了雜誌上刊載的美魔女嚴選的美容沙龍。

「エステ」是「エステティック」（又作「エステティク」、「エステティーク」）的簡稱，指提供美容保養、化妝、按摩、除毛、瘦身等服務的沙龍。

03

着圧ハイソックスで脚のむくみを解消する。

彈性長襪可以解決腿部水腫的問題。

「紫外線吸収剤」（紫外線吸收劑）就是台灣所謂的「化學性防曬成分」。近年來市場逐漸淘汰這類成分，傾向於選擇比較不會造成肌膚負擔的物理性防曬成分。

04

ＳＰＦの数字よりも、紫外線吸収剤無配合を優先。

選擇防曬用品時，比起在意ＳＰＦ的數字，更應優先選擇無添加化學性防曬成分的產品。

05

保湿クリームは優しくマッサージしながらなじませます。

身體乳要溫柔地邊按摩邊塗抹均勻。

大きな声で

27

妝髮美容
減肥瘦身

瘦身革命！一起來
變身！

實用會話
先試著說說看

キロ
公斤

だいこんあし
大根足
蘿蔔腿

ほそ
細い
纖細的

ウエストサイズ
腰圍

01

ダイエットしてはリバウンド
の繰（く）り返（かえ）し……。

02

唐辛子（とうがらし）の成分（せいぶん）が入（はい）ったジェル
です。

03

でこぼこセルライトをなんとか
したい。

04

耳（みみ）のツボってほんとに効（き）く
のかな？

05

夏（なつ）までにくびれを手（て）に入（い）れたい！

プチ説明

「01 ダイエットしてはリバウンドの繰り返し……。

陷入了減肥後復胖的惡性循環……。

「02 唐辛子の成分が入ったジェルです。

這是有添加辣椒成分的瘦身膠。

> 含有辣椒成分的瘦身膠由於會發熱促進血液循環，
> 所以常稱為「ホットジェル」（熱感凝膠）。

「03 でこぼこセルライトをなんとかしたい。

我想消除凹凸不平的橘皮組織。

「04 耳のツボってほんとに効くのかな？

按摩耳朵穴道真的有效嗎？

> 「耳のツボ」可簡稱為「耳ツボ」。據說耳朵上有
> 很多穴道按壓刺激後可以抑制食欲、提高新陳代謝，
> 進而幫助瘦身。看來日本人也是吃中醫這套的。

「05 夏までにくびれを手に入れたい！

我想在夏天來臨之前擁有小蠻腰！

28

大きな声で

實用會話
試著說說看

01

プーアール茶で脂肪を溶かす。

用普洱茶來消脂。

02

こんにゃくや寒天で満腹感を得るように工夫。

我利用蒟蒻和寒天讓肚子獲得飽足感。

「寒天」是一種紅藻類萃取的食材，由於吃下肚後會在胃裡膨脹，增添飽足感，而且幾乎沒熱量，所以近年成為瘦身食品的寵兒。

03

体重減った。でも、おなかは三段のまま……。

體重減輕了。可是肚子還是一樣有三層肉……。

「トクホ」是「特定保健用食品」（とくていほけんようしょくひん）的簡稱。這是指獲得日本消費者廳許可，經由人體實驗認定為有保健效果的食品。但它只能促進生理機能，並不具有醫療效果。

04

トクホで痩せる！

吃保健機能食品來瘦身！

05

筋肉をつければ基礎代謝が上がる。

增加肌肉量就能提高基礎代謝率。

本季時尚頭條

流行雜誌模特兒的體重居然是……102kg ！？

　　翻開ファッション雜誌（流行雜誌），你是否有時會有這樣的感嘆呢？「這些模特兒一個比一個還瘦，衣服穿在她們身上當然好看，但是我的身材又沒有這麼好」…不過現在日本流行雜誌界卻有了破天荒的舉動──大隻女也能當上モデル（模特兒）！？

　　2013 年 3 月 21 日，《la farfa》雜誌創刊，登上封面的是體重破百的高人氣女丑渡辺直美，銷售數量一舉破十萬！這本雜誌是史上第一本專為ぽっちゃり女子（肉肉女）所設計的，除了穿搭，還有美妝、髮型等單元。唯一和一般流行雜誌不同的是，模特兒サイズ（尺碼）是 LL ～ 8L。發行人希望所有太っている（胖胖的）女孩透過這本雜誌，也能不為自己設限，以健康正向的心態來享受おしゃれ（流行妝扮）。

　　近來日本芸能界（演藝圈）有許多ムチムチ（胖胖的）女性都很受歡迎，女芸人（女丑）除了渡辺直美，還有柳原可奈子、馬場園梓等人，連日本電視台女子アナ（女主播）水卜麻美、グラビアアイドル（寫真女星）磯山さやか也是肉肉的。藉由這本雜誌的發行，不難看出現在不再是苗條女性唯我獨尊的時代了，日本的審美觀正在逐漸改變。

TOPIC 3
兩性戀愛

美穗和真由是姐妹淘。這天兩人相約出來喝下午茶，本來應該是快樂的聚會，但真由卻一副心事重重的樣子，還不時地嘆氣，看得美穗好擔心……

★ 本季主打星！

戀愛兵法：押してダメなら引いてみろ（欲擒故縱）！

美穗

好想知道還有什麼男を落とすテク（攻略男性技巧）喔～
真由

美穗：真由、どうしたの？　暗い顔して……

真由，妳怎麼啦？一臉提不起勁的樣子……

真由：美穂～。あのね。実は、好きな人ができたの。でも……

美穗…我跟妳說喔，其實我有了喜歡的人了。可是……

美穂：えっ、そうなの！　私の知ってる人？

什麼？是喔！是我認識的人嗎？

真由：ううん、中国語のクラスで一緒の人なんだけど。

不是，他是和我一起上中文課的同學。

美穂：どんな人？

是個什麼樣的人呢？

真由：カッコいいし、優しいの。

他很帥，也很溫柔。

美穂：ふ～ん。で、付き合いたいんだ？

嗯～那妳想和他交往喔？

真由：うん……だけど、なんか彼、すっごい優しいんだけど、私<ruby>私<rt>わたし</rt></ruby>だけじゃなくて<ruby>誰<rt>だれ</rt></ruby>にでもみたいなの。

嗯……不過，他好像不單對我一個溫柔，對大家都是一樣的。

美穂：「<ruby>草食系男子<rt>そうしょくけいだんし</rt></ruby>」ってやつ？

就是俗稱的「草食男」吧？

真由：だと<ruby>思<rt>おも</rt></ruby>う。どうしたらいいと<ruby>思<rt>おも</rt></ruby>う？

我也這麼覺得。我該怎麼做才好？

美穂：<ruby>草食系<rt>そうしょくけい</rt></ruby>か～、ま、<ruby>草食系<rt>そうしょくけい</rt></ruby>の<ruby>攻略法<rt>こうりゃくほう</rt></ruby>っていったら、<ruby>決<rt>き</rt></ruby>まってるよね。

草食系喔……不過草食系也是有必勝的攻略法啦！

真由：えっ、<ruby>決<rt>き</rt></ruby>まってる？

嗯？必勝攻略法？

美穂：<ruby>真由<rt>まゆ</rt></ruby>が<ruby>肉食系女子<rt>にくしょくけいじょし</rt></ruby>になればいいんでしょ？

只要真由妳變成肉食女不就好了？

真由：え～、イヤだよ～、<ruby>恥<rt>は</rt></ruby>ずかしいもん。

什麼啦，我才不要咧！羞死人了！

美穂：<ruby>何言<rt>なにい</rt></ruby>ってんの、<ruby>相手<rt>あいて</rt></ruby>が<ruby>草食系<rt>そうしょくけい</rt></ruby>なら、こっちが<ruby>努力<rt>どりょく</rt></ruby>しなくちゃ！

妳在説什麼啊？既然對方是草食系，那就得靠我們自己努力了啊！

真由：<ruby>努力<rt>どりょく</rt></ruby>だったら、<ruby>私<rt>わたし</rt></ruby>としてはしてるつもりなんだよ～。

要説努力，我也不是沒用自己的方式在努力啊…

TOPIC
兩性戀愛

107

美穂：どんな？

妳做了哪些努力？

真由：会ったらとびっきりにっこりして挨拶すると
か、教室でなるべく近くに座るとか……

比如遇到他的時候會露出最燦爛的微笑和他打招呼呀，或
是在教室我會盡量坐在他附近呀……

美穂：そんなんじゃ全然足りないよ！ 相手は草食
系なんでしょ？ そうだ、中国語のクラスメー
トなら、分かんないとこ聞いてみるとか、会
話の練習に誘うとか、いろいろテはあるじゃ
ない。

光是這樣根本沒用處嘛！對方可是草食男耶！對了，既然
你們一起學中文，不妨嘗試拿妳不懂的地方去請教他，或
是約他一起練習會話之類的，應該還有很多其他更有效的
方法吧？

真由：うん、そういうのなら不自然じゃないね！
今度言ってみる！ 美穂、ありがと♡

嗯，這樣的話，就不會顯得不自然了耶！下次我試試看！
美穂，謝謝妳♡

時尚聊天室

兩性戀愛

酸酸甜甜草莓氣息
的單戀

大きな声で

實用會話
先試著說說看

片思い
單相思

01

友達の彼氏を好きになって
しまった。

02

胸がドキドキしてきた。

脈あり
有機會、有譜

03

妹みたいだって言われました。

乙女心
少女情懷

04

好きなのに素直になれなくて、
ツンデレになってしまう。

05

直樹君が好きで好きでしかたない
のに、気付いてくれない。

知り合う
相識

プチ説明

01 友達の彼氏を好きになってしまった。

我喜歡上朋友的男朋友了。

02 胸がドキドキしてきた。

心兒怦怦地跳了起來。

> 「ドキドキ」是形容心臟噗通噗通跳的擬聲語。在
> 戀愛方面常用在心動、緊張、害羞的時候，也就是
> 俗稱的「小鹿亂撞」。

03 妹みたいだって言われました。

他說我就像妹妹一樣。

04 好きなのに素直になれなくて、ツンデレになってしまう。

雖然很喜歡他，但我就是無法坦率面對，不禁對他傲嬌了起來。

> 「ツンデレ」主要用在戀愛場景，指平時高傲又講
> 話帶刺，但有時（特別是私下獨處）卻很害臊黏人，
> 外冷內熱的態度。

05 直樹君が好きで好きでしかたないのに、気付いてくれ
ない。

我對直樹喜歡得不得了，但他卻沒察覺到我的心意。

大きな声で

實用會話
先試著說說看 ☆

独身
單身

01
実は今日、日下君に食事に誘わ
れたの。

02
赤い糸で結ばれた相手って本当
にいるの？　私にも？

自由
自由

03
木下君のこと、やっぱり交際相
手としては考えられない。

婚活
相親聯誼

04
遠距離交際だった彼と別れ、た
だいま新しい彼氏募集中。

05
彼氏いない歴5年。いい出会いはな
いかな？

モテモテ
桃花運旺

プチ説明

其實是這樣的喔！

「01 実は今日、日下君に食事に誘われたの。

其實今天日下有約我去吃飯呢。

「02 赤い糸で結ばれた相手って本当にいるの？ 私にも？

真的有情侶是由一條看不見的紅線牽在一起的嗎？我也有這樣
的另一半嗎？

在此補充幾個跟「赤い糸」相關的語詞：「運命の
人」（命中注定的對象）、「縁結び」（結良緣）、
「恋愛成就祈願」（求姻緣）。

「03 木下君のこと、やっぱり交際相手としては考えられ

ない。

我還是無法把木下當成交往對象來看待。

「04 遠距離交際だった彼と別れ、ただいま新しい彼氏募集中。

我和遠距離戀愛的男友分手了，現在正在徵求新男友中。

「遠距離交際」又稱「遠距離恋愛」，簡稱「遠恋」
（讀音是えんれん）或「遠距離」。

「05 彼氏いない歴５年。いい出会いはないかな？

我已經有五年沒交男朋友了。有沒有不錯的機會可以認識新朋
友呢？

大きな声で

實用會話
先試著說說看

口説く
追求

01
同棲すれば、一人暮らしより家
賃が節約できるもんね。

02
彼氏が元カノとまだ切れてない
みたいなんです。

ナンパ
搭訕

03
今のカレに内緒で元カレに会っ
てしまいました。

04
今、同じ職場でお付き合いして
いる彼は私より背が低い。

カップル
情侶

05
彼のことは好きだけど、と
きには一人になりたい。

ラブラブ
恩愛

プチ説明

「01 同棲すれば、一人暮らしより家賃が節約できるもんね。

如果一起同居，可以比一個人住省下更多的房租呢！

「02 彼氏が元カノとまだ切れてないみたいなんです。

我男友好像還跟前女友繼續藕斷絲連。

「前女友」除了「元カノ」之外，也可以説「前付き
合っていた子」（之前交往的女孩）、「昔の彼女」（以
前的女友）…等等。

「03 今のカレに内緒で元カレに会ってしまいました。

我瞞著現任男友，仍和前男友持續見面。

「04 今、同じ職場でお付き合いしている彼は私より背が
低い。

現在和我交往的同事男友比我還矮。

「辦公室戀情」的講法有：「社内恋愛」、「職場恋愛」…
等等。通常當事人都想低調保密，但總有「バレた」（被
發現）的一天。

「05 彼のことは好きだけど、ときには一人になりたい。

雖然我很愛他，可是偶爾我也想要擁有自己的時間。

大きな声で

★

01

ともだち かれ し ともだち しょうかい
友達の彼氏の友達を紹介されて、
つ あ やくいちねんはん
付き合って約一年半。

現任男友是朋友的男友介紹的，我和他
交往大概一年半。

02

かれ ゆび
彼の指にグッときます。

男友的手指讓我怦然心動。

「グッとくる」指的是一股激動且熱烈的情緒油然而生，也
就是被丘比特一箭穿心的感覺。相似表現有「胸キュン」(胸
がキュンとなる／する)，表示胸口一緊、心動的感覺。

03

き も えんきょり れんあい
こんなにそばにいるのに、気持ちは遠距離恋愛。

明明就待在他的身邊，但是心情卻像是遠距離戀愛。

04

日本手機的「メール」功能有點像是
台灣的簡訊，不過幾乎不用錢！在戀
愛當中「メール」也是講究技巧的，
能讓異性覺得妳很不錯的簡訊叫做
「モテメール」(桃花簡訊)，反之則
稱為「ブスメール」(醜女簡訊)。

かれ し へんしん
彼氏にメールを返信するのが
めんどう
面倒なときって、ありますか？

妳是否曾經覺得回簡訊給男友很麻
煩呢？

05

はじ て
初めて手をつなぐときってどんなシ
チュエーションですか？

第一次牽手時是什麼樣的情形呢？

本季時尚頭條

你在愛情食物鏈中扮演什麼角色呢？

最近很常看到「草食系男子」（草食男）這個稱呼。一講到草食男，不禁讓人聯想到頭上長了羊角或是兔子耳朵的樣子，難不成這些男生平時都蹲在野外啃草嗎（驚）

NO～NO～NO～所謂的草食男，就是指外表斯文，個性比較安靜、穩やか（溫和）、ネガティブ（消極），沒什麼野心、優柔不斷（優柔寡斷）的男性種類。也因為這種無害的感覺很像小動物，所以才用草食系動物來做比喻。草食男雖然注重打理門面，但對於物質欲望很低，對於戀愛與セックス（性愛）也沒什麼興趣。

隨著草食男的增加，「肉食系女子」（肉食女）也因應而生。肉食女就是指顛覆傳統女性角色，對於戀愛與性愛較為ポジティブ（積極），工作方面也力求表現的女性。簡單來說，就是因為部分男性對於感情不再主動アプローチ（追求），所以女性才會從被動的嬌羞小姑娘搖身一變成為烈女來狩獵這些小動物！

雖然有人批評草食男是破壞男性尊嚴的軟弱族群，但其實也沒那麼糟啦！他們優しい（溫柔）、品がいい（有氣質）的形象反而擄獲不少女性的芳心喔～況且青菜蘿蔔各有所好，感情這回事不就是你追我跑、總有一個要先主動出擊嗎？未來的戀愛型態如果都變成由女性倒追，或許也滿有趣的呢！

兩性戀愛

令人小鹿亂撞的約會
模式是？

大きな声で

實用會話
先試著說說看

⭐

は
恥ずかしい
害羞的、難為情的

そそ
誘う
邀約

かいがら
貝殻つなぎ
十指交扣

キス
接吻

01

デートのコーデを決めるのは
ぜんじつ　とうじつ
前日？　当日？

02

さいしょ
最初のデートではどこまでOK？

03

デートではスマートカジュアル
き
を着てほしいです。

04

かれ
ドライブデートで彼をメロメロ
にしちゃおう！

05

い
デートでよく行くところは横浜みな
よこはま
とみらいです。

プチ説明

其實是這樣的喔！

01 デートのコーデを決めるのは前日？　当日？

妳會在約會的前一天決定要穿的服裝，還是到了當天再決定呢？

02 最初のデートではどこまでOK？

第一次約會可以進展到什麼程度呢？

這句話指的是肢體上的接觸，像是牽手之類的。就像台灣
有「一壘～全壘打」這種暗語，日本人通常把親密行為分
成ＡＢＣ三個階段：Ａ（接吻）、Ｂ（愛撫）、Ｃ（上床）。

---

03 デートではスマートカジュアルを着てほしいです。

約會時希望對方可以穿得既體面又休閒。

04 ドライブデートで彼をメロメロにしちゃおう！

趁著兜風約會時把他迷得暈頭轉向吧！

開車兜風可謂是日本人約會的定番！負責開車的男
性可以秀出自己的開車技術，而對於女性來說，這
是在副駕駛座上展現細心體貼的好機會。

---

05 デートでよく行くところは横浜みなとみらいです。

我約會常去的地方是橫濱港未來。

両性戀愛

絶對閃耀的
戀愛秘訣☆

大きな声で

實用會話
先試著說說看 ☆

コミュニ
ケーション
溝通

01

近すぎず、遠すぎずのほどよい
距離感が長続きする秘訣。

02

イヤなところも許せると長続き
します。

幸せ
幸福

03

ちゃんと話したいときは会って
目を見て話す。

優しい
溫柔的

04

相手に合わせようと、聞き役に
回ることが多い。

05

ずっとつき合いたいなら、相手の欠
点も受け入れないと。

プチ説明

其實是這樣的喔！

01 近すぎず、遠すぎずのほどよい距離感が長続きする秘訣。

有點黏又不會太黏，剛剛好的距離感就是戀情持久的秘訣。

02 イヤなところも許せると長続きします。

對方不好的地方若能睜一隻眼閉一隻眼，感情就能長長久久。

> 「長続き」＝「長い」的語幹＋「続く」的連用形。
> 類似的構成還有：「長生き」（長壽）、「長持ち」
> （耐久）、「長居」（久待）⋯等等。

03 ちゃんと話したいときは会って目を見て話す。

想和對方好好談談時，就要面對面，看著對方的眼睛說話。

04 相手に合わせようと、聞き役に回ることが多い。

我時常配合對方，擔任傾聽者的角色。

> 這句話是說，深怕說了什麼導致對方不開心甚至是開始
> 討厭自己，因而隱藏真心話，一味地聆聽並附和。這樣
> 的戀愛模式好辛苦啊⋯

05 ずっとつき合いたいなら、相手の欠点も受け入れないと。

如果想要交往下去，連對方的缺點也要全盤接受才行。

36

TOPIC 3

兩
性
戀
愛

兩 性 戀 愛

恭喜！攜手邁向結婚
之路～

大きな声で

實用會話
先試著說說看 ★

かぞく
家族
家人

01

けっこんあい て もと じょうけん か ち
結婚相手に求める条件は、価値
かん あ
観が合うことです。

02

さず こん どうせい にん
授かり婚です。同棲してたら妊
しん
娠しちゃったので。

プロポーズ
求婚

03

いっしょ けっこん
ずっと一緒にいたいから、結婚
することにしました。

04

けっこん ねん い じょう
結婚して 10 年以上たつけど、ま
なか
だダンナと仲がいいよ♥

けっこんしき
結婚式
婚禮

はなよめ
花嫁
新娘

05

いま し ごと たの けっこん
今仕事が楽しいから結婚は
まだしたくないの。

121

プチ説明

其實是這樣的喔！

01 結婚相手に求める条件は、価値観が合うことです。

我對結婚對象要求的條件是價值觀要一致。

02 授かり婚です。同棲してたら妊娠しちゃったので。

我是奉子成婚。同居後不小心就懷孕了。

> 「奉子成婚」原本的説法是「できちゃった婚」（簡稱「デキ
> 婚」），但是這説法給人的觀感不好，像是「不小心搞出人命」
> 一樣，所以「授かり婚」、「おめでた婚」這些由婚禮業者所
> 創的比較好聽的説法才廣為流傳。

03 ずっと一緒にいたいから、結婚することにしました。

我們都想和對方永遠在一起，所以決定步入禮堂。

04 結婚して 10 年以上たつけど、まだダンナと仲がいいよ♥

我結婚已經超過 10 年了，但和我先生的感情還是不錯唷♥

> 在別人面前提到自己的丈夫時，除了「ダンナ」（旦
> 那），也可以説「夫」、「主人」、「うちの人」、「○○
> さん」（○○為名字）、「○○」（○○為姓氏）…等等。

05 今仕事が楽しいから結婚はまだしたくないの。

現在工作做得很愉快，所以我還不想結婚。

37

兩性戀愛

快點告別ＮＧ戀情！

大きな声で

實用會話
先試著說說看

浮気
うわき
劈腿

腐れ縁
くされん
孽緣

ふられる
被甩

失恋
しつれん
失戀

01
別れたくないけど、別れ話をし
てしまった。

02
別れてよかった！もう悪い男に
は引っかからない！

03
大好きな彼を傷つけたくないの
に……

04
社内恋愛はもうコリゴリ！友達
に戻りましょう。

05
カレはほかの子にも曖昧な態度を
とってるの！もう別れてやる！

プチ説明

01 別れたくないけど、別れ話をしてしまった。

雖然不想分開，但還是提了分手。

02 別れてよかった！もう悪い男には引っかからない！

和他分手真是太好了！我不會再被壞男人給拐了！

在此介紹幾種「ダメ男」（爛男人）：「ＤＶ男」（家暴男）、
「へたれ男」（沒用男）、「ヒモ」（吃軟飯的）、「二股男」
（劈腿男）、「マザコン」（媽寶男）…等等。

03 大好きな彼を傷つけたくないのに……

明明不想傷害我最愛的他啊……

04 社内恋愛はもうコリゴリ！友達に戻りましょう。

我受夠辦公室戀情了！我們還是做回朋友吧。

其他常見的分手台詞還有：「別れましょう」（我們分
手吧）、「好きじゃなくなった」（我不喜歡你了）、「付
き合うのに疲れた」（和你交往我累了）…等等。

05 カレはほかの子にも曖昧な態度をとってるの！もう
別れてやる！

我男朋友和其他女生在搞曖昧！我要和他分手！

本季時尚頭條

寂寞商機，想婚頭的人快看過來！

　　根據日本政府的官方統計，截至 2010 年為止，將近 6 成的適婚年齡女性都是未婚，數量是上一個世代（1975 年左右）的 3 倍之多！有人説這是由於女性的社会進出（外出工作），也有人認為是因為收入格差（貧富差距）的擴大，更有人覺得這和持独身主義（單身主義）的人增加有關。不過説到這，其實有很多人是因為想結婚但是結不成啊……

　　這時也許可以考慮「婚活」！「婚活」是「結婚活動」的簡稱。求職需要參加「就活」（就職活動）進行筆試、面試，若想覓得如意郎君也可以參加相親聯誼活動！

　　婚活基本上分成兩種。一種是登録婚活サイト（婚活網站）自行和有好感的對象聯繫。每位会員（會員）都很有誠意地放上写真（照片）、プロフィール（資料）及価値観（價值觀），完全不浪費時間！畢竟大家的目的就是要找到另一伴，不是來聊天的。另一種是參加民間業者舉辦的婚活パーティー（婚活宴會），也就是大型的合コン（聯誼）。有的要按大會規定來，在有限時間內和每個人交談進行速食配對；也有開放會員自由交談的形式。

　　不管是因為生活圈小到沒有新的出会い（邂逅），還是理想が高い（太挑）找不到好對象，有了婚活，結婚意願極高的人終於可以不用再期待轉角遇到愛了！

吃喝玩樂

裕子和沙織是公司的同期同事，雖然分屬不同部門，但由於年紀相仿所以走得比較近。這天兩人一起在員工餐廳邊吃午餐邊聊最近的趣事……

★本季主打星！

好想再吃一次香港的ヤムチャ（飲茶）啊…

裕子

台灣的タピオカミルクティー（珍珠奶茶）超好喝！

沙織

裕子： さおちゃん、台湾行ったんだって？　どうだった？

小織，聽説妳去了台灣？好玩嗎？

沙織： うん、楽しかったよ〜。ゆうちゃん、行ったことあるの？

嗯，很好玩喔！小裕去過嗎？

裕子： ううん、香港だったら行ったことあるんだけど。

沒有，香港倒是去過。

沙織： あー、私、香港は行ったことないから分かんないけど。あのねえ、茶芸館に行ったんだ。

啊，我沒去過香港所以不太清楚那裡。我跟妳説，我有去茶藝館喔！

裕子： 茶芸館？　茶餐庁のことかな？

茶藝館？是像茶餐廳那種地方嗎？

沙織： 茶餐庁？　何それ？　なんか分かんないけど、茶芸館で中国菓子食べ放題のお店に行ってさ〜。

茶餐廳？那是什麼？我不知道是不是一樣的地方，不過我去了中式點心吃到飽的茶藝館喔！

裕子： ええっ、中国菓子食べ放題？　中国菓子ってど

んなの？　杏仁豆腐は菓子ではないよう
な……。マンゴープリンとか？

什麼？中式點心吃到飽？中式點心是什麼樣的？杏仁
豆腐好像不算是點心吧……。是吃芒果布丁之類的嗎？

沙織：ううん、そういうのはなかった。羊羹みた

いなのと、おもちみたいなのがいろいろ。

不是啦，沒有那種東西。有像羊羹的點心，也有像麻
糬的，反正有各式各樣的。

裕子：えっ、それ和菓子じゃん。

咦？那不是日式點心嗎？

TOPIC 4
吃喝玩樂

沙織：うん、和菓子みたいなんだけど、ちょっぴ

り違ってて、おいしーの。それが、いくら

だと思う？

嗯，雖然和日式點心很像，不過還是有點不一樣。很
好吃喔！妳猜猜這樣吃下來要花多少錢呢？

裕子：食べ放題でしょ？　2,000円くらい？

是吃到飽吧？大概 2,000 圓？

沙織：へっへっへ、それがね、なんと日本円に直

すと 600 円くらいなんだよー！

嘿嘿嘿，其實啊，換算下來居然只要日幣 600 圓左右
呢！

裕子：ええ～、マジ？　そんなに安いの！

啥？真的假的？這麼便宜！？

沙織：うん、もう、チョ～満足。

嗯，實在是超級滿足。

裕子：へえ～。そうだ、台湾といえば小龍包が有

名なんじゃない？

這樣啊。對了，台灣有名的不是小籠包嗎？

沙織：うん、食べてきた〜。そーだ、ゆうちゃん、小龍包（ショウロンボウ）ってどうやって中（なか）にスープを入（い）れるのか知（し）ってる？

嗯，我也去吃囉。對了，小裕，妳知道小籠包裡面是怎麼把湯汁包進去的嗎？

裕子：ううん、知（し）らない。そういえば不思議（ふしぎ）だね。どうやって入（い）れるの？

不知道耶。聽妳一提才發現，確實很不可思議。是怎樣放進去的？

沙織：あれねー、作（つく）るときはスープじゃないんだって。煮（に）こごりを包（つつ）むんだって。そのあと加熱（かねつ）すると、煮（に）こごりが溶（と）けて、スープになるんだってさ。

這個嘛……聽說製作的時候不是直接把湯汁，而是把肉凍包進去喔！之後再加熱，肉凍就會融化，如此一來就變成湯汁了呢！

裕子：へえ、そうなんだ〜。

是喔？原來如此……。

沙織：だから食（た）べたあと、意外（いがい）とおなかにずしっと来（く）るんだね〜。

所以吃下肚以後，胃居然會悶悶的呢……。

─時尚聊天室─

128

大きな声で

實用會話
先試著說說看

ピクニック
野餐

01

昨日はカラオケに行って、
つい熱唱しちゃった。

02

京都みたいに歴史があっ
て、古風な町が好き♥

ハイキング
健行

03

週末に遊びすぎて、月曜日
からお疲れモード。

ボーリング
保齡球

04

はとバスでイチゴ狩りツアー
に行ってきたよ☆

05

今年のお花見、今まで行ったことが
ないとこにしてみよっか？

飲み会
飲酒聚餐

プチ説明

其實是這樣的喔！

「01 昨日はカラオケに行って、つい熱唱しちゃった。
昨天去唱ＫＴＶ，忍不住大唱特唱了一番。

「02 京都みたいに歴史があって、古風な町が好き♥
我喜歡像京都這樣歷史悠久的古都♥

日本除了京都之外，還有其他充滿古風的觀光景
點，像是奈良、金澤、飛驒高山、鎌倉、秋田縣角
館町、栃木縣足利市、山口縣荻市…等等。

「03 週末に遊びすぎて、月曜日からお疲れモー
ド。
週末玩得太瘋了，禮拜一就進入了疲憊模式。

「04 はとバスでイチゴ狩りツアーに行ってきたよ☆
我搭哈多巴士去採了草莓喔☆

哈多巴士是東京知名的遊覽車公司，配有很多東京
都內或近郊的短期旅遊套裝行程供民眾選擇，費用
包含了交通費、用餐費、門票費…等等，十分方便。

「05 今年のお花見、今まで行ったことがないとこにしてみ
よっか？
今年賞花，要不要改去還沒去過的地方啊？

大きな声で

實用會話
先試著說說看 ★

ポラロイドカメラ
拍立得

01

<ruby>靴下<rt>くつした</rt></ruby>が<ruby>好<rt>す</rt></ruby>きで<ruby>集<rt>あつ</rt></ruby>めています。

02

ガーリーなデザインが<ruby>私<rt>わたし</rt></ruby>の
ツボです。

スマホ
智慧型手機

03

<ruby>好<rt>す</rt></ruby>きなブランドはピンク
ハウスです。

ノートパソコン
筆記型電腦

04

<ruby>最近<rt>さいきん</rt></ruby><ruby>買<rt>か</rt></ruby>ったアイテムは<ruby>形<rt>かたち</rt></ruby>がきれい
なロンパースです。

05

<ruby>気<rt>き</rt></ruby>に<ruby>入<rt>い</rt></ruby>ったソックスやタイツは<ruby>色<rt>いろ</rt></ruby>
<ruby>違<rt>ちが</rt></ruby>いで<ruby>揃<rt>そろ</rt></ruby>えちゃいます。

ショッピング
購物血拼

プチ説明

其實是這樣的喔！

「01 靴下が好きで集めています。

我喜歡襪子，也有在收集。

「02 ガーリーなデザインが私のツボです。

女孩風的設計正中我心。

「ツボ」原指「要處」、「重點」，後來引申為「戳中
要點」。例如「笑いのツボ」（笑穴）、「感動のツボ」
（感動之處）。本句是指「深得我心」的意思。

「03 好きなブランドはピンクハウスです。

我喜歡的品牌是 Pink House。

「04 最近買ったアイテムは形がきれいなロンパースです。

最近我買了件剪裁很漂亮的連身褲。

「連身褲」還有其他講法：「つなぎ服」、「 オールイ
ンワン」、「サロペット」、「オーバーオール」、「コ
ンビネゾン」、「ジャンプスーツ」…等等。

「05 気に入ったソックスやタイツは色違いで揃えちゃいま
す。

喜歡的襪子和褲襪我會買幾個不同的顏色來收集。

大きな声で

實用會話
先試著說說看

★

買_かい物_{もの}
購物

01
着_きていると優_{やさ}しい気持_{きも}ちになれ
そうな色_{いろ}です。

02
数_{かぞ}えきれないほどリピして
ます。

**クレジット
カード**
信用卡

03
最近_{さいきん}、デジタル一眼_{いちがん}レフカ
メラを買_かいました。

レシート
發票明細

04
ユーザーフレンドリーなので、長_{なが}
年_{ねんつか}使ってます。

05
個人輸入_{こじんゆにゅう}に初_{はつ}トライ。コレ、日本_{にほん}
では売_うってないんだよ〜。

激安_{げきやす}
超便宜

プチ説明

「01 着ていると優しい気持ちになれそうな色です。

穿上這顏色後心情會變得溫和平靜。

「02 このお菓子は数えきれないほどリピしてます。

這款零食我一買再買，已經數不清買過幾次了。

「リピ」是從「リピート」（重複）變來的。用在購物
方面，就是指很愛某東西，因此不停重複地買。

「03 最近、デジタル一眼レフカメラを買いました。

前陣子我買了數位單眼相機。

「04 ユーザーフレンドリーなので、長年使ってます。

這操作很好上手，所以我用了很多年了。

「ユーザーフレンドリー」用在電腦等３Ｃ產品，表示
使用介面的設計很簡單，操作起來一點也不費功夫。

「05 個人輸入に初トライ。コレ、日本では売ってないんだ
よ～。

這是我第一次自己下單購買。這個在日本沒有賣呢～。

大きな声で

實用會話
先試著說說看

41

**ネットオーク
ション**
網拍

01

買_かい物_{もの}はネット通販_{つうはん}が多_{おお}い。

02

カラバリ豊富_{ほうふ}な足小物_{あしこもの}のお
店_{みせ}だよ。

落札_{らくさつ}
下標

03

おすすめのショップは駅_{えき}ビ
ル2階_{かい}にある雑貨屋_{ざっかや}です。

エコバッグ
購物袋

04

何時間_{なんじかん}も前_{まえ}から並_{なら}んで、念願_{ねんがん}の村_{むら}
上春樹_{かみはるき}の新作_{しんさく}をGET♡

05

試着_{しちゃく}して悩_{なや}んで、結局前_{けっきょくまえ}の店_{みせ}に戻_{もど}っ
ちゃうことよくある。

ブティック
專櫃

プチ説明

其實是這樣的喔！

「01 買い物はネット通販が多い。

我通常都是上網買東西。

「02 カラバリ豊富な足小物のお店だよ。

這間店所販售的足部用品色彩多元、款式眾多。

「カラバリ」是「カラーバリエーション」的簡稱，表示同款商品有不同的顏色可供選擇。「足小物」是指和足部相關的小東西，例如襪類、鞋墊、防拇指外翻指套…等等。

「03 おすすめのショップは駅ビル2階にある雑貨屋です。

我推薦的是在車站二樓賣小東西的店家。

「04 何時間も前から並んで、念願の村上春樹の新作を
GET♡

排了好幾個小時，終於買到一直想要的村上春樹新書了♡

村上春樹是日本知名暢銷小說家，代表作有《ノルウェイの森》（挪威的森林）、《海辺のカフカ》（海邊的卡夫卡）、「1Q84」…等等。村上於 2013 年 4 月推出新作時，還造成深夜大排長龍搶購的盛況。

「05 試着して悩んで、結局前の店に戻っちゃうことよくある。

試穿後猶豫半天，結果又回到剛剛的店家，這種情形經常上演。

吃喝玩樂

女生都在瘋：人氣美食

大きな声で

実用会話

先試著說說看

42 ♪～

パスタ
義大利麵

01

料理は目玉焼きぐらいしか作れ
ない（汗）

02

肉じゃがで彼の胃袋とハート
を掴みたい！

ケーキ
蛋糕

03

砂糖は使わないでみりんだ
けにしてる。

04

今日のお昼は駅の立ち食い
そば（涙）

焼肉
燒烤、烤肉

05

手を汚さないハンバーガーの食べ
方なんてありますか。

チョコレート
巧克力

「01 料理は目玉焼きぐらいしか作れない（汗）

我的廚藝頂多只會煎個荷包蛋（汗）

「02 肉じゃがで彼の胃袋とハートを掴みたい！

用馬鈴薯燉肉來抓住他的胃和心！

「肉じゃが」和「みそ汁」（味噌湯）一樣，是深受日本男性喜愛的家庭料理。如果對男生説妳的拿手菜是馬鈴薯燉肉，搞不好對方會覺得妳很適合娶回家當老婆喔！

「03 砂糖は使わないでみりんだけにしてる。

我煮菜不放糖，只放味醂。

「04 今日のお昼は駅の立ち食いそば（涙）

今天中餐是車站的「站著吃蕎麥麵」（涙）

日本有一些餐廳是沒有座位的，因此客人必須站著用餐。除了蕎麥麵，還有「立ち食いラーメン」（站著吃拉麵）。此外，像這種餐廳通常都在車站的內部或附近。

「05 手を汚さないハンバーガーの食べ方なんてありますか。

有沒有吃漢堡不會弄髒手的吃法？

大きな声で

TOPIC

吃
喝
玩
樂

_{て りょうり}
手料理
親手製作的料理

01

やっぱり女_{おんな}なら料理_{りょうり}ができるほう

がいい？

02

気楽_{き らく}に食_たべられるのもＢ級_{きゅう}グル

メの魅力_{み りょく}！

スイーツ
甜點

03

実_{じつ}は一人鍋_{ひと りなべ}でうち飲_のみが好_す

き。

コーヒー
咖啡

04

牛丼_{ぎゅうどん}食_たべたいけど一人_{ひとり}で入_{はい}れ

ない（涙_{なみだ}）

05

パン
麵包

お弁当_{べんとう}持参_{じ さん}で女子力_{じょ し りょく}も貯金_{ちょきん}も

アップ！

プチ説明

其實是這樣的喔！

「01 やっぱり女なら料理ができるほうがいい？

女性果真還是會煮菜的比較吃香？

「02 気楽に食べられるのもB級グルメの魅力！

可以自在地享用也是平民美食的魅力之一！

「B級グルメ」是相對於高檔（＝A class）料理的概念，指的是價格不貴且很常見的親民美食。代表的食物有「焼きそば」（炒麵）、「どんぶり物」（丼飯）…等等。

「03 実は一人鍋でうち飲みが好き。

其實我喜歡一個人在家吃火鍋小酌。

「04 牛丼食べたいけど一人で入れないよ（涙）

我想吃牛肉蓋飯，可是一個人不敢進去啊（涙）

在台灣，獨自去「吉野家」吃飯不會有什麼特別感受。但在日本，「一個人去牛肉蓋飯店或拉麵店」，這可是一件令年輕女性不禁卻步的事情。

「05 お弁当持参で女子力も貯金もアップ！

自己帶便當能使女性魅力和存款同步增加！

本季時尚頭條
你今天帶便當了嗎？

　　日本人可以說是把お弁当（便當）發揮得最淋漓盡致的民族。這回要來介紹以下三種便當：

　　「愛妻弁当」（愛妻便當）：顧名思義就是心愛的妻子為先生親手準備的便當。日本社會至今還是以男主外、女主內為常態，專職主婦早起替家人準備中午的便當就成為她們每天的工作之一。特別是新婚期間，便當菜色常常可以見到用ケチャップ（番茄醬）等畫成愛心圖樣，象徵著太太的甜蜜心情 ♡

　　「キャラ弁」（卡通便當）：用各種食材、色素，像是のり（海苔）、かまぼこ（魚板）、ハム（火腿）、ウィンナー（小香腸）等，運用揉捏、切割、拼貼等手法，將便當菜色製作成卡通、漫畫人物、動物等模樣的便當。日本媽媽們為了讓小孩克服偏食，或是讓小孩吃得開心，會把便當做成討喜可愛的模樣，讓小孩帶去學校。

　　「駅弁」（鐵路便當）：日本鐵路各車站或列車內所販售的便當，菜色和包裝通常會結合當地特產和特色，很有地域限定（地區限定）的感覺。例如三重縣「松坂駅」的「牛肉弁当お膳」，就是選用當地出名的「松坂牛」來當主菜。而群馬縣的「峠の釜めし」，裝便當的器皿是「益子焼」的土釜（陶鍋），吃完還可以留做紀念。值得一提的是，日本的鐵路便當吃起來幾乎都是冷的喔！

TOPIC 5

其他話題

小愛和美咲是在健身房一起運動的朋友。小愛很迷信，平時喜歡到處去算命。這天兩人上完瑜珈課一起走路去車站搭車……

愛：私、手相の整形手術受けよう
と思うんだ。

我想做手相整型手術耶！

美咲：ええっ、なんでまた？

蛤？為什麼又要動手術呢？

愛：あのね、1年くらい前に手相
を見てもらったときに、仕事
線のことでよくないこといっ
ぱい言われたの。

其實啊，大概在一年前我請算命師幫
我看手相時，算命師一直説我的事業
線不好。

美咲：だから、手術して仕事線を
変えるの？

所以妳要動手術整事業線嗎？

愛：ううん。それがね、この前ま
た手相見てもらったら、今度
は仕事線がすっごいいいって
言われて。

不是的。然後啊，前陣子我又去請人
幫我看手相，結果這次算命師説我的
事業線非常好。

美咲：ふうん？

咦？

愛：私、去年転職したじゃない？

我去年不是換工作嗎？

美咲：そういえば、そうだね。

對耶，妳確實換了工作。

愛：前の職場はサービス残業が当たり前だった
し、仕事の内容もやりがいなかったけど、今
は仕事楽しくて忙しいけど充実してるんだ。
それが手相にも表れてるんだと思って。

上一個公司加班都沒給加班費，工作本身也沒什麼價
值。不過現在的工作很有趣，雖然忙了點但我覺得很充
實呢！我覺得這點就展現在手相上。

美咲：へえ、手相って変わるんだね。

是喔？手相也是會改變的呢！

愛：うん。だからね。手術して手相を変えれば、
ほかの運もよくなるんじゃないかと思って。

嗯。所以啊，我在想，只要動手術改變手相，其他運勢
是不是也會跟著改善。

美咲：う～ん、どうなんだろう。

唔……是這樣的嗎？

愛：韓国でははやってるらしいよ。

聽說在韓國很流行這樣做喔！

美咲：そりゃ、整形大国だもん。

那是因為它是整型大國吧？

愛：豊臣秀吉も、自分で手に刀で傷をつけて手相
を作ったっていうし。

聽說豐臣秀吉也是自己拿刀割手，改變手相喔！

美咲：あ～、それテレビで見た。だから、愛ちゃん
も手相を変えて豊臣秀吉みたいに天下を取り
たいわけ？

啊，這個我在電視上看過。所以妳也想改變手相，像豐臣秀吉一樣取得天下嗎？

 愛：10万円くらいでできるみたいなの。だからね。
覇王線作ってもらおうと思うの！

據說花十萬圓就能搞定了。所以我想做一條霸王線！

 美咲：ハオウ線？　聞いたことないけど？

ㄅㄚˋ ㄨㄤˊ 線？我沒聽過耶！

 愛：お金に愛される線だよ！

是能夠得到金錢眷顧的線喔！

 美咲：あ～、やっぱりね。愛ちゃんは、天下よりも
お金を取りたいよね……。

哎，我就知道。比起得到天下，妳更想得到錢吧……。

大きな声で

實用會話

先試著說說看

01

こんげつ　あたら　　で　あ
今月は新しい出会いがあり
そうだって♡

02

て そう　み
手相を見てもらったら、ビシバシ
あ
当たっててビックリ。

けつえきがた
血液型
血型

03

かがみ　い ち
うちは鏡の位置がよくない
らしい。

ふうすい
風水
風水

04

こ とりうらな
小鳥占いやってみたい。

05

しゅ み　　　　　　うらな　　べんきょう
趣味でタロット占いを勉強
ちゅう
中です。

おみくじ
抽籤

145

プチ説明

其實是這樣的喔！

「01 今月は新しい出会いがありそうだって♡
據說我這個月會有全新的邂逅♡

「02 手相を見てもらったら、ビシバシ当たっててビックリ。
請人幫我看手相，結果鐵口直斷讓我嚇了一跳。

算命占卜如果說中了，就用「当たる」（当たり）
這個字。如果算得不準，就用「外れる」（外れ）
這個字。

「03 うちは鏡の位置がよくないらしい。
我家鏡子的擺放位置似乎不太好。

「04 小鳥占いやってみたい。
我想試試看小鳥占卜。

在台灣，小鳥占卜用的是白文鳥。這種算命方式由於鳥
獸保護法的規定，現在在日本幾乎看不到了，但以前是
有的，負責叼籤的鳥是「ヤマガラ」（赤腹山雀）。

「05 趣味でタロット占いを勉強中です。
我的興趣是塔羅牌占卜，現在正在學習。

おしゃれニュース

本季時尚頭條

在日本，●型人千萬不要輕易說出你的血型…

血型不僅可以用在輸血和認親，還可以用來看個性！？是的，你絕對想不到日本人有多瘋這種血液型占い（血型占卜）！

根據這派理論說法，A型人既真面目（認真）又嚴謹，總是心配性（愛操心）。B型人マイペース（我行我素），喜歡自我主張。O型人很開朗也很熱血っぽい（熱血），做事比較大雜把（粗枝大葉）。AB型則是二面性がある（雙重人格），非常ミステリアス（神祕）。

在日本血型占卜的書籍相當多，其中也不乏暢銷作品，像是《B型自分の説明書》（台譯：媽呀！好個B型人）年度銷售量就衝破 134 萬本！除此之外，也有戲劇、音樂、飲料、手機吊飾等爭相和血型占卜做結合。日本人甚至把血型占卜應用在打仗、求才、相親、訓練運動員…等項目上，很令人歎為觀止吧？有些人甚至還迷信血型占卜到有點失控的程度！因而有「血ハラ」（血型騷擾）這種行為，或是傳出いじめ（霸凌）、傷害事件。在此也替各位解開標題之謎——B型人在日本最不受歡迎！因為相信占卜結果的人認為，B型人很不合群、老是講不聽，不適應重視集團意識的日本社會！

說到底，這畢竟只是一種統計結果、疑似科学（偽科學）。還是當樂趣就好，可別太過沉迷啦！

其他話題

果然還是想當個美
麗幹練OL！

大きな声で

實用會話

先試著說說看

<ruby>上司<rt>じょう し</rt></ruby>
上司

01
<ruby>今日<rt>きょう</rt></ruby>はプレゼンがあるので
<ruby>緊張<rt>きんちょう</rt></ruby>しています。

02
<ruby>最近<rt>さいきん</rt></ruby>は<ruby>宅建<rt>たっけん</rt></ruby>に<ruby>興味<rt>きょう み</rt></ruby>がある。

<ruby>新入社員<rt>しん にゅう しゃ いん</rt></ruby>
新進員工

03
<ruby>昨日<rt>き のう</rt></ruby><ruby>出<rt>だ</rt></ruby>した<ruby>企画書<rt>き かくしょ</rt></ruby>、<ruby>採用<rt>さいよう</rt></ruby>さ
れそうでひと<ruby>安心<rt>あんしん</rt></ruby>。

ミーティング
會議

04
<ruby>何<rt>なに</rt></ruby>か<ruby>資格<rt>し かく</rt></ruby>を<ruby>取<rt>と</rt></ruby>ろうと<ruby>思<rt>おも</rt></ruby>うんだ
けど、<ruby>何<rt>なに</rt></ruby>がいいかなあ。

<ruby>通勤<rt>つう きん</rt></ruby>
通勤

05
どうすれば<ruby>上役<rt>うわやく</rt></ruby>が<ruby>満足<rt>まんぞく</rt></ruby>する
のかさっぱり<ruby>分<rt>わ</rt></ruby>からない。

01 今日はプレゼンがあるので緊張しています。

今天我要上台會報，好緊張。

02 最近は宅建に興味がある。

最近對房地產仲介很感興趣。

> 「宅建」是「宅地建物取引主任者」的簡稱，這是
> 一種資格證照，台灣稱作「房地產仲介經紀人」。

03 昨日出した企画書、採用されそうでひと安心。

昨天交出去的企劃書似乎能通過，暫且鬆了口氣。

04 何か資格を取ろうと思うんだけど、何がいいかなあ。

我想拿個什麼資格證照，該走什麼專業才好呢？

> 「資格＆特技」的廣告常在日本雜誌中出現。像是「簿
> 記」（簿記）、「行政書士」（行政代書）、「カラー
> コーディネート」（色彩搭配）…等都是熱門課程。

05 どうすれば上役が満足するのかさっぱり分からない。

我實在是不懂到底該怎麼做，才能讓上級滿意。

其他話題

果然還是想當個美
麗幹練OL！

大きな声で
實用會話
先試著說說看

しょうかく
昇格
晉升

01
金曜の夜は、まっすぐ家に
帰らないで遊びに行く派。

02
お局様のネチネチ小言がイヤ。

しゅうかつ
就活
就職活動

03
働きながら家事をこなす
なんて、ムリムリ。

クビ
炒魷魚

04
働き女子が主役の漫画って、共感で
きて、すぐにハマっちゃう。

05
シゴトも大切だけど、プライ
ベートだって充実させたい！

ないきん
内勤
内勤

プチ説明

其實是這樣的喔！

「01 **金曜の夜は、まっすぐ家に帰らないで遊びに行く派。**

週五晚上下班後我從不直接回家，總是跑去蹓躂。

「02 **お局様のネチネチ小言がイヤ。**

好討厭公司的老處女老是嘮叨個不停。

> 「お局様」就是某些資深年長女性員工。這些老大
> 姐平時的樂趣就是欺負資淺的人，特別是她們看不
> 順眼的年輕女性！

「03 **働きながら家事をこなすなんて、ムリムリ。**

一邊工作一邊持家，根本就不可能嘛。

「04 **働き女子が主役の漫画って、共感できて、すぐにハマっちゃう。**

以上班女性為主角的漫畫很能帶來共鳴，我立刻迷上了這部漫畫。

> 以上班族女性為主角的日本知名漫畫有：「ホタルノヒ
> カリ」（小螢的青春）、「リアルクローズ」（真我霓裳）、
> 「働きマン」（工作狂）、「悪女」（惡女）…等等。

「05 **シゴトも大切だけど、プライベートだって充実させたい！**

雖然工作也很重要，但是我想讓私生活也過得充實一點。

46

其他話題

我的繽紛時尚生活就此展開～

大きな声で
實用會話
先試著說說看

片付け
かたづ
整理

01

お気に入りのアロマブレンドで、お掃除しながら気分もリラックス。

インテリア
裝潢佈置

02

休みの日はハーレクインロマンスにどっぷり浸かってる。

03

カワイイ雑貨に囲まれて暮らしたい！

部屋
へや
房間

04

この日記アプリの面白さにハマり中。

ペット
寵物

05

亀を飼っています。癒されるぅ〜♡

プチ説明

其實是這樣的喔！

「01 お気に入りのアロマブレンドで、お掃除しながら気分
　　もリラックス。
　　點上喜愛的複方精油，就能在打掃的同時放鬆情緒。

「02 休みの日はハーレクインロマンスにどっぷり浸かって
　　る。
　　假日就完全沉浸在言情小說的世界裡。

　　「ハーレクイン」（Harlequin，中文譯名為「禾
　　林」）是加拿大一間以女性讀者為對象的羅曼史出
　　版社，非常有名。該公司在日本的作品多為英文翻
　　譯戀愛小說，描寫上班族女性的情事。

「03 カワイイ雑貨に囲まれて暮らしたい！
　　我希望能有許多可愛的小東西妝點我的生活！

「04 この日記アプリの面白さにハマり中。
　　這陣子我迷上了這個有趣的日記 APP。

　　「アプリケーションソフトウェア」（應用程式）的簡
　　稱為「アプリケーション」、「アプリ」、「app」。

「05 亀を飼っています。癒されるぅ〜♡
　　我有養烏龜。真能撫慰人心〜♡

本季時尚頭條
魚干女又怎樣？……真的不會怎麼樣嗎？

描述上班族女性的漫畫《ホタルノヒカリ》（台譯：小螢的青春）帶出了「干物女」（魚干女）這個流行語。再加上該漫畫後來改編成日劇（台譯：魚干女又怎樣），一路紅到了台灣。究竟魚干女到底是什麼呢？讓我們繼續看下去…

所謂的魚干女具有以下特質：①放棄談戀愛，最近一次的ドキドキ（心跳加速）是在爬樓梯的時候 ②不管什麼事都面倒くさがる（嫌麻煩）③出門會妝扮，但回到家就變得很邋遢，特愛穿ジャージ（運動服）④冬天不做ムダ毛處理（除毛）⑤懶得回簡訊，簡訊內容也簡短得嚇人 ⑥假日喜歡待在家ゴロゴロ（滾來滾去沒事做），順帶一提當然是素顏又ノーブラ（沒穿內衣）⑦不太想和其他人有深度交流……等等。

不過，像這樣看似自己放棄（自我放棄）的女性其實也是有她的好的！雖然她們私底下做事隨便，但對於工作卻異常拚命。而且個性也很真（「假裝」對她們來說實在是太累了），不像一些かまとと（做作女）那麼矯情。

說了這麼多，那麼一般男性對於魚干女有什麼看法呢？咦？「許されるのは綾瀬はるかだけ」（能接受的只有綾瀬遙）！？啊～果真是因為她是正妹，所以才OK吧…（註：綾瀬遙是魚干女日劇、電影版的女主角）

47

其他話題

藝能界不能說的秘密大公開

大きな声で
先試著說說看 実用會話 ⭐

ブレイク
爆紅

01
三浦春馬って興味なかったんだけど、
ドラマで見て好きになった。

02
ミーハーと言われても、ジャニーズが好
きです。

アイドル
偶像

03
芸能人を本気で好きになってしまう
のって、おかしいですか。

デビュー
出道

04
好きな男性芸能人は向井理です。

05
柴崎コウって、演技もうまいよね。

コンサート
演唱會

プチ説明

其實是這樣的喔！

01 三浦春馬って興味なかったんだけど、ドラマで見て好きになった。

原本我對三浦春馬沒什麼興趣，但自從看了日劇就愛上他了。

02 ミーハーと言われても、ジャニーズが好きです。

就算被冠上迷哥迷妹的稱號，我還是喜歡傑尼斯偶像。

「ミーハー」原本是帶有輕蔑的語詞，指那些沉迷於低俗興趣、沒家教的人（特別是女性），不過現在則是指會關注演藝動向、最新話題或是追求流行事物的人。

03 芸能人を本気で好きになってしまうのって、おかしいですか。

對藝人動了真感情是一件很奇怪的事嗎？

04 好きな男性芸能人は向井理です。

我喜歡的男藝人是向井理。

在此介紹一些演藝圈圈內人的說法：アーティスト（藝人）、俳優（男演員）、女優（女演員）、監督（導演）、タレント（通告藝人）、子役（童星）、司会者（主持人）、ミュージシャン（音樂人）、プロデューサー（製作人）、バンド（樂團）…等等。

05 柴崎コウって、演技もうまいよね。

柴崎幸的演技也很棒呢！

其他話題

藝能界不能說的秘密大公開

大きな声で

實用會話
先試著說說看 ★

ファン
粉絲

01

歌手_{かしゅ}としてだけでなく、女優_{じょゆう}としても活躍_{かつやく}している。

02

太郎_{たろう}と花子_{はなこ}はとてもいいお笑_{わら}いコンビだと思_{おも}う。

映画_{えいが}
電影

03

日本_{にほん}だけじゃなく、韓国_{かんこく}、中国_{ちゅうごく}などアジア各地_{かくち}でも人気_{にんき}が高_{たか}い。

バラエティー
番組_{ばんぐみ}
綜藝節目

04

司会_{しかい}がうまいと思_{おも}う芸能人_{げいのうじん}は誰_{だれ}?

05

この歌手_{かしゅ}の歌_{うた}が好_すきで、CDは全部_{ぜんぶ}持_もっています。

追_おっかけ
追星族

プチ説明

其實是這樣的喔！

「01 歌手としてだけでなく、女優としても活躍している。

她不僅是一名歌手，在戲劇演出方面也很活躍。

「02 太郎と花子はとてもいいお笑いコンビだと思う。

我覺得太郎和花子是一對很棒的搞笑藝人搭檔。

「搞笑藝人」的日文是「お笑い芸人」。有組團的搞笑藝人
會稱對方為「相方」（搭檔）。通常搞笑團體裡面一個負責
「ボケ」（裝傻），一個負責「ツッコミ」（吐槽）。

「03 日本だけじゃなく、韓国、中国などアジア各地でも
人気が高い。

不僅在日本，連在韓國、中國等亞洲各地也很受歡迎。

「04 司会がうまいと思う芸能人は誰？

你覺得藝人當中誰擅長主持？

明石家さんま（明石家秋刀魚）、タモリ（塔摩利）、
所ジョージ（所喬治）、田村淳、今田耕司、黑柳徹子…
等人都是日本知名的節目主持人。

「05 この歌手の歌が好きで、ＣＤは全部持っています。

我很喜歡這個歌手的作品，手上有他的全套專輯。

おしゃれニュース

本季時尚頭條
誰說我沒朋友？我只是想享受一個人的時光♪

　　日本現正流行：「一人〇〇專門店」（一人〇〇專門店）！如果是獨自去餐廳，首先面臨的問題是：「有沒有膽量踏進去店家」。一來是必須面對眾人異樣的眼光，二來是餐廳也不見得會收單一客人。但隨著おひとり様（單身貴族）增多的趨勢，許多業者嗅到了商機，順勢推出專讓單身客用餐、娛樂的服務。以下將介紹一些日本的店家，讓你一個人上門也可以自由に（自在地）做自己想做的事！

TOPIC 5
其他話題

　　一人カラオケ／ワンカラ（一人ＫＴＶ）：你是否有過想夜唱卻找不到伴的經驗？或是害怕在眾人面前音程が外れる（走音）？沒關係，一人ＫＴＶ讓你獨自抒壓！ボックス（包廂）裡面提供耳罩式耳機、專業錄音用麥克風、錄音室空間，非常高檔。

　　一人焼き肉專門店（一人燒肉店）：一人燒肉店專為只想自己楽しむ（享受）烤肉樂趣的人營業！雖然座位設計看起來很像面壁思過或是在自習室用功，不過如果不想要吃飯還得配合別人，或是在意旁人的眼光，這是個ナイスチョイス（不錯的選擇）！

　　除此之外還有像是「一人しゃぶしゃぶ」（一人涮涮鍋）、「一人カフェ」（一人咖啡廳）…等等。你是不是覺得，有了這些專門店就能ゆっくり（好好地）享受自己的時間啦？

流行日語 02

跟日本人聊時尚－
單字＋會話 [2MP3]

[作者]
大山和佳子／西村惠子／吳冠儀

[發行人]
林德勝

[出版發行]
山田社文化事業有限公司
106台北市大安區安和路一段112巷17號7樓
Tel：02-2755-7622
Fax：02-2700-1887

[郵政劃撥]
19867160 號　大原文化事業有限公司

[網路購書]
日語英語學習網
http://www.daybooks.com.tw

[經銷商]
聯合發行股份有限公司
新北市新店區寶橋路235巷6弄6號2樓
Tel：02-2917-8022
Fax：02-2915-6275

[印刷]
上鎰數位科技印刷有限公司

[出版日期／定價／ISBN]
2015年2月 初版／299元
ISBN：978-986-6623-24-0